J'AI ÉTÉ JEUNE UN JOUR

Réalisatrice, Nadine Trintignant est aussi l'auteur de plusieurs romans et récits. Elle a publié récemment un recueil de nouvelles chez Fayard, *Une étrange peine* (2007).

Paru dans Le Livre de Poche :

COMBIEN D'ENFANTS

LE JEUNE HOMME DE LA RUE DE FRANCE

MA FILLE, MARIE

NADINE TRINTIGNANT

J'ai été jeune un jour

RÉCIT

FAYARD

ISBN : 978-2-253-11871-8 – 1re publication LGF

À mes trois sœurs,
Hugues, Lilou et Carole.

1

J'ai quinze ans.

Un matin d'hiver, mon frère Christian m'accompagne à LTC – laboratoire de tirage cinématographique.

L'idée est de lui. Il m'a dit : « Fais du montage, c'est un joli métier de femme. » Ravie qu'il me croie capable de faire quelque chose, je décide de m'en remettre à lui. Monteuse de film : je ne sais strictement rien de ce métier, ce qui ne pose aucun problème à Christian, qui me dit : « C'est normal, d'abord il faut apprendre. » Une jeune fille de mon âge, stagiaire en même temps que moi, me dit un jour qu'elle a « le métier dans le sang, et que c'est de famille ! », ce qui m'impressionnera durablement. À ma connaissance, dans le sang, je n'ai que des globules de différentes couleurs. Des rouges et des blancs, des sortes de policiers, c'est du moins ce que j'ai retenu d'une leçon de sciences naturelles à l'école, l'une des rares fois où j'ai écouté la prof. Après cette sombre nouvelle, je m'abstiens de suivre ce qu'on me raconte du haut de l'estrade, excepté les cours de littérature, qui ressemblent à des vacances. Je ne gêne pas. Assise dans le fond, près du chauffage (je suis très frileuse), les yeux rivés sur les nuages, j'attends que ça passe.

Hélas, malgré le resplendissant domaine des songes éveillés, l'étendue de ma nullité me troublait. Toujours à côté de la plaque, terrorisée par les profs, j'avais la certitude, quand je saisissais des bribes d'informations, au hasard des cours, d'avoir compris autre chose que ce qu'on nous expliquait, et le plus souvent cela se confirmait...

Mon intelligence ne s'appliquait qu'à l'amour, le reste m'échappait.

D'ailleurs, aujourd'hui encore...

En dehors de cet inépuisable sujet de rêverie, j'avais une obsession : gagner ma vie. Obsession nourrie par les conversations des amies de ma mère, que j'écoutais avec passion dans mon enfance.

À l'époque, j'étais souvent patraque, et je n'allais pas régulièrement à l'école. Je lisais à la maison auprès de maman, qui repassait ou, certains matins ensoleillés, se peignait les ongles des pieds en fredonnant des airs de Charles Trenet ou de Jean Sablon. J'adorais ces moments. Parfois papa faisait irruption en chantant une opérette.

Elle lui donnait aussitôt la réplique. Ils riaient. C'étaient deux êtres très gais.

Ils me plaisaient.

L'après-midi, il arrivait parfois que maman reçoive des amies. Je me faisais oublier dans mon coin et ne perdais pas un mot de leurs discussions. Elles étaient jeunes et belles, et pourtant – j'en restais pétrifiée ! – aucune d'elles n'accordait de crédit à l'amour courtois et toutes éprouvaient un réel dégoût de l'amour physique. Elles subissaient sans révolte leur sort d'épouse, et concluaient, paisibles :

— C'est comme ça, on n'a pas le choix, et, après tout, ce n'est qu'un mauvais moment à passer.

J'avais de la compassion pour elles, mais elles n'ébranlaient en rien ma vision lumineuse de l'amour.

— Ma mère, racontait la mienne, adorait les marrons glacés et, quand papa lui en offrait une boîte, elle comprenait ce qui l'attendait après le dîner ! Et, ajoutait-elle en pouffant de rire, elle dégustait ses marrons « pendant » !

Anéantie, je les regardais rire. À cette époque, si les femmes jouissaient, elles gardaient ce secret pour elles. Monter au septième ciel était réservé aux femmes de mauvaise vie.

— Moi, ajoutait une autre, ça m'arrange plutôt qu'il aille prendre son plaisir ailleurs.

— Pas moi ! Je vis dans la peur que l'une de

ces garces ne me le prenne. Il paraît qu'elles font des choses...

À les entendre, la terre était peuplée de menteurs infidèles, papa mis à part. Quand je leur demandais pourquoi elles ne partaient pas, elles posaient sur moi un regard étonné :

— Pour aller où ?

Question qui me plongeait dans une angoisse sans fin.

Sale époque pour les femmes, sans métier et donc dépendantes de leur homme.

D'où cette hantise, dès l'adolescence, de gagner ma vie pour mieux la diriger.

2

Nous étions donc, Christian et moi, assis dans le bureau de M. Faidherbe, le directeur du LTC, enchanté de bavarder avec mon frère, acteur en vogue et au charme redoutable. Suivant les conseils de Christian, car je n'avais pas atteint les seize ans exigés par la loi, j'avais triché sur mon âge. Consciente de mon air ahuri, je regardais mon frère, ses interminables jambes croisées, bavarder à l'aise avec mon futur patron. Un géant lui aussi, ce qui n'ôtait rien à ma terreur.

Christian disait : « Elle a très envie de travailler, n'est-ce pas, Nadin ? » (Il m'appelait comme ça.) Tétanisée, la gorge serrée, je hochais la tête avec l'envie de fuir.

Gentleman, le directeur nous fit visiter l'usine, en nommant les différents services : tirage, montage négatif, étalonnage... Autant de mots obscurs, impénétrables. J'étais cernée par la pellicule. Elle me narguait, se déroulant sur des tambours, trempant dans des bains nauséabonds, s'enroulant en bobines... En blouse et gants blancs, les laborantins, hommes et femmes, circulaient au milieu de ce labyrinthe, semblables à des Martiens aveugles. En effet, la règle semblait être de ne voir ni le patron ni ceux qui l'accompagnaient. Invisibles donc, nous glissions d'une porte vitrée à l'autre, dans une balade ouatée. Dans l'immense salle du montage négatif, des femmes assises devant leur synchroniseuse faisaient défiler la pellicule, repéraient les collures, coupaient, attrapaient des petits rouleaux de négatifs, collaient le tout en silence et à une allure folle. La panique me saisit. Jamais je n'arriverais à égaler mes futures compagnes de travail. C'était impossible.

Quand enfin Christian salua M. Faidherbe, j'éprouvai un vrai soulagement.

Dehors, le soleil hivernal dorait les toits d'ardoises. À cette époque, Saint-Cloud avait un petit air provincial. Les péniches glissaient sur le fleuve indolent et verdâtre, le froid vif faisait courir des gamins, qui hurlaient sans raison. Pour le plaisir.

Christian ne résista pas à l'envie de descendre au bord de l'eau, pour y faire des ricochets avec des cailloux bien plats. Grâce aux entraînements intensifs de notre enfance, il avait le coup de main : les cailloux effleuraient l'eau miroitante, cinq, six, sept fois en un joyeux ballet. Les mômes descendus à notre suite admiraient sa dextérité avec des cris qui enchantaient Christian.

Nous regagnâmes la route, il donna un joyeux coup de pied dans une boîte de conserve qui roula au loin avec ce bruit si particulier du fer sur le macadam, et déclara : « Ça y est, mon vieux, tu es engagée ! »

Il me jeta un coup d'œil et, comme il comprenait toujours tout, surtout le désarroi, il me proposa d'aller boire un coup dans un bistrot près de la passerelle, qui surplombait la Seine.

Dans le café aux étroites banquettes de moleskine, une chaleur bienfaisante nous accueillit.

Accoudées au bar, deux filles de joie vieillissantes buvaient un petit blanc sec en robe de satin noir et boa fané.

Mon frère me parla avec légèreté des choses graves de la vie. Avec lui, tout paraissait simple. Dans le même instant, il blaguait avec le patron du troquet et complimentait les deux hétaïres, qui lui déclarèrent que, beau gosse comme il était, ça ne devait pas lui coûter bien cher !

Christian était chez lui partout. Il avait cette grâce d'être le même dans ce troquet de Saint-Cloud, comme dans l'hôtel particulier d'Anna de Noailles, square des États-Unis. Il était l'homme le plus libre que j'aie jamais rencontré. Le plus aimé aussi, je crois. Ses amis lui pardonnaient tout : ses taquineries, qui allaient parfois très loin, sa séduction, qui troublait leurs femmes. Dans toutes les circonstances, on le sentait gentleman.

Il avait tous les droits sans jamais en revendiquer un seul.

Sur le chemin du retour, à l'abri dans sa superbe auto, son seul luxe avec sa couverture de vigogne pour son lit, Christian réussit à m'embarquer dans son insouciance rayonnante. Un jour, je serais monteuse... Il me déposa à la maison et me lança, l'air espiègle, avant de redémarrer : « Et surtout, n'oublie pas, ne sois jamais convenable. » Je le regardai disparaître. Christian était mon héros. J'espérais bien lui ressembler un jour.

3

Papa, le héros de ma mère, était un être excessif, et, durant sa période catholique, à Nice où nous vivions avant la guerre, il traînait ses enfants, non seulement à la messe du matin, mais aussi aux vêpres. Son meilleur ami était un prêtre, il s'appelait l'abbé Clergé. Nous le détestions sans le dire à nos parents, qui en auraient eu de la peine. Les commissures de ses lèvres pleines de salive nous dégoûtaient, c'était à qui échapperait à ses embrassades répugnantes.

Chaque repas débutait par le bénédicité, durant lequel mes frères, profitant des yeux baissés des grands, jetaient aux filles des boulettes de mie de pain. Nous n'avions pas de place assignée, et le truc consistait à ne jamais s'asseoir à côté de papa qui, en cas de bêtise, ne cherchait pas le coupable, mais envoyait une bonne gifle au plus proche.

En dehors de l'abbé, nos parents recevaient un jeune Allemand qui se prénommait Fritz. Fritz était fiancé à Lison, modiste de maman. Chaque dimanche, le jeune couple nous accompagnait sur les plages de Juan-les-Pins, qui, à cette époque, étaient effectivement couvertes de pins parasols.

Nous restions des heures dans une Méditerranée limpide, comme on ne la voit plus aujourd'hui qu'en Grèce ou en Corse.

Les grandes personnes faisaient des doubles au tennis, les hommes en pantalon et polo, les femmes en jupe mi-longue et chemisier. J'ignore s'ils jouaient bien, mais ils avaient de la grâce et du cœur.

Le lendemain de l'invasion de la Pologne par l'armée allemande, Fritz, rappelé dans son pays, rompit ses fiançailles et, le cœur brisé, partit pour Berlin. Quelques mois plus tard, il revint en qualité d'occupant, mais, évidemment, ne passa pas nous voir.

Un jour où il nous rendait visite, l'abbé Clergé découvrit mon père accablé par je ne sais plus quelle nouvelle avancée allemande.

L'homme d'Église pâlit en entendant les propos amers de papa et s'enfuit presque de la maison, le laissant interdit.

Une heure plus tard, on sonna de nouveau à la porte. Cette fois, c'était Fritz, en civil et mal à l'aise, qui se tenait sur le seuil. Après un court instant de gêne partagée, mon père lui dit : « Écoute, c'est ridicule, entre, Fritz, nous sommes amis, toi et moi, avant que nos pays soient ennemis. »

Dans le salon, après qu'ils eurent épuisé les sujets anodins, échangé des nouvelles des uns et des autres, Fritz, de plus en plus embarrassé, demanda à mon père s'il voyait encore l'abbé Clergé, à quoi, toujours chaleureux, mon père répondit : « L'abbé Clergé ? Mais c'est mon frère ! » Fritz accueillit cet aveu avec un silence étrange. Il changea de sujet, s'inquiétant de Lison. Toujours modiste. Toujours célibataire, car elle ne s'était pas remise de cette rupture brutale imposée par la guerre. Nouveau silence. Se jetant à l'eau, l'Allemand demanda alors à papa s'il connaissait les positions de l'abbé sur la guerre... Devant l'incroyable naïveté de mon père qui ne comprenait manifestement rien à la situation, Fritz se leva et lui conseilla brièvement de plier bagages le plus vite possible. Il raconta qu'en sortant de chez nous l'abbé s'était rendu directement à la Kommandantur pour dénoncer papa en tant que communiste.

Une heure plus tard, les paquets étaient faits, les cinq enfants s'entassaient joyeusement dans la voiture (ignorant tout de la vraie raison de ce départ précipité), et nous filions sur les routes.

4

La guerre est loin. Les voyages familiaux aussi.

J'ai quinze ans.

La nuit qui précède mon premier jour de stage à LTC, je ne dors pas du tout.

Quand j'entends le laitier passer avec ses bidons brinquebalants à six heures, je suis prête à partir.

Je dois pointer à huit heures.

C'est le début du mois de décembre, et il fait encore nuit quand je quitte l'appartement de la rue de Bassano, que Christian partage avec notre frère Serge.

À l'arrêt du « 72 », place de l'Alma, à la lueur des réverbères, je scrute ceux dont je fais enfin partie. Tous ces hommes et femmes qui vont au travail. Comme moi, ils attendent, frileux, silencieux.

Dans le bus, je me souviens d'avoir été frappée par une sensation de solitude. Certains tentaient de prolonger une nuit trop courte, et leur tête ballottait dans le vide, d'autres regardaient sans voir, le cœur absent, Paris défiler derrière les vitres.

Je descendis au pont de Saint-Cloud, ma station, impossible à rater puisque c'était le terminus, après quoi j'avais une bonne balade sur les berges herbeuses de la Seine. Ce matin-là, les rares lumières se reflétaient dans le fleuve, éclairant parfois d'une lueur rêveuse les péniches amarrées, silencieuses dormeuses. Mêlée au doux clapotis des vaguelettes contre leurs flancs, la rumeur lointaine de l'autre rive venait jusqu'à moi. Un pont séparait Paris de sa banlieue.

Dans le même instant, excitée et craintive, je songeais à ma nouvelle vie. Je la sentais pleine de promesses, mais j'avais la peur au ventre.

La porte était close, et le jour, pas encore levé, quand je me présentai avec une bonne heure d'avance devant le laboratoire.

Au bout d'un moment, le patron du bistrot d'en face leva son rideau de fer. Blême, frigorifiée, je me précipitai à l'intérieur pour boire un bouillon-cube.

Un peu plus tard, mes premiers « collègues » arrivaient. Le sexe féminin était nettement supérieur. Je parle en nombre, bien sûr, sinon je ne me permettrais pas. Ces femmes avaient une trentaine d'années. J'enviais leur aisance, leurs rires, leurs plaisanteries rossardes. On voyait tout de suite qu'elles étaient dans la vie. La vraie. Celle qui se gagne au coude-à-coude. Au corps à corps. Sans cadeau. Sans sentimentalité. Au milieu de ces travailleuses, je me sentais un embryon inachevé, une graine abandonnée, une laissée-pour-compte.

À moins dix, on traversa la rue.

— Encore une nouvelle semaine qui commence !

Cette phrase, je devais l'entendre chaque lundi matin durant mes six mois de stage.

Je les suivis. Émue et fière, je pointai. Ça n'a l'air de rien, mais, quand on attrape le petit carton à son nom dans le casier de droite, pour l'enfoncer avec un « ding » dans la pointeuse, avant de le ranger dans le casier de gauche, on est certain d'exister. De faire partie d'un tout.

Le cœur battant la chamade, j'entrais dans le monde des adultes.

Au vestiaire, je rangeai ma canadienne dans l'étroite armoire en fer qui m'était dévolue.

Tout en passant leur blouse blanche, les filles blaguaient entre elles.

Je les écoutais, fascinée, parler de sexe. Elles n'étaient pas craintives pour un sou. Leur vigueur me séduisait. Je ne comprenais pas tout. Elles avaient le verbe haut et employaient des expressions dont j'ignorais le sens jusqu'alors... Mais qui se devinait aisément.

Chez moi, on était très libre, mais pas populaire. Quant aux fameuses amies de ma mère, si elles évoquaient le sexe, elles le faisaient de manière feutrée, et avec un dégoût non dissimulé. Ce matin-là, je découvris un monde impensable. C'était comme une porte qui s'ouvrait devant moi. J'avais l'impression de plonger dans un roman de Zola.

Une belle brune aux longs cheveux retenus sur les côtés par deux barrettes attaqua d'un ton joyeux :

— Alors Pierrette ? Ton mari ?

Pierrette, un pied sur un tabouret, finissait de tirer son bas sur une jambe musclée et accrochait sa jarretelle. Elle lança dans un rire gai :

— Toujours pareil. À croire que, ma pièce du milieu, il l'a bel et bien oubliée. Au plum', il lit la page des courses.

— Au moins, comme ça, t'as des nuits peinardes.

Elle se redressa et, jupe relevée, inspecta ses jambes sans prêter attention aux plaisanteries de ses copines.

— Tu peux pas l'attiser un peu, tout de même ? Y a toujours moyen.

— Elle a raison, Fernande, c'est bonnard d'exploiter aux Pays-Bas.

— J'ai ma fierté ! J'suis pas un râtelier à testicules, comme certaines.

— Parole ! T'as donc jamais pris ton fade !

— Oh ça va, Louise, fous-nous la paix avec ta

frite permanente, tu fatigues ! Mon mari l'a molle, c'est comme ça et, pour finir, ça me va très bien.

Pour détourner l'attention, Pierrette s'attaqua à une jeune femme au chignon sage, bas sur la nuque, l'air convenable.

— Et toi, Louison ? Toujours à coudre ton trousseau sans jamais en dégotter un qui mette Villejuif dans Pontoise ?

La jeune femme haussa des épaules indifférentes.

— Ce n'est pas mon but. Mon idée, c'est le mariage. Le vrai.

— Fais-leur dresser l'oreille tout de même. Ils vont pas te manger... Enfin, pas toute !

Des éclats de rire suivirent cette boutade, qui n'entama en rien la placidité apparente de la jeune femme.

Une autre fille observait, l'air critique, ses dents cariées, jamais soignées, dans le petit miroir au-dessus du lavabo. Elle marmonna pour elle :

— Y a pas, faut qu'j'me fasse retaper le domino, parce que là, pour donner dans la visière, c'est mal barré.

— T'as qu'à fermer ta grande gueule, on y gagnera toutes.

— Oh ça va, hein, les vacheries dès le lundi matin... C'est facile !

— Assez tchatché ! On se grouille, les femelles. Au chagrin !

Comme elles, j'avais passé une blouse blanche sur ma jupe et mon pull marine, enfilé des gants blancs très fins. Semblable à mes futures sœurs, j'avais l'impression d'être une infirmière dans un immense hôpital.

Elles se dispersèrent chacune vers son service. Moi, on m'avait provisoirement envoyée aux stocks. J'y étais seule.

C'était une pièce étroite, parcourue d'étagères en bois où étaient rangées des centaines de boîtes bordées de rouille.

Je devais, à l'aide d'un cutter, ôter les vieux chattertons noirs qui les fermaient et les étiquettes collées sur le couvercle. Ça n'avait pas l'air sorcier, mais, pour moi, même aujourd'hui, manier un cutter n'est pas une mince affaire. Assise sur un haut tabouret, je m'appliquais donc, et finis par trouver un certain plaisir à soulever un coin de l'étiquette, avant de l'ôter à la main, d'un coup sec.

À midi et demi, une sirène retentit, nous libérant pour une heure. Je sortis de ma cahute et, comme les autres, me dirigeai vers la sortie principale, réservée aux ouvriers, sans quitter ma blouse. J'étais gelée, mais je tenais à imiter mes compagnes.

Dans la rue, je vis une colonne de blouses blanches qui se dirigeait vers un café. Toutes avaient ôté leurs gants, je fis de même et les fourrai dans ma poche. En passant devant le Dany

Bar, j'aperçus le directeur déjeunant avec le sous-directeur, un brun aux yeux très doux. Monique (celle qui avait le cinéma dans le sang) était éperdument amoureuse de lui. Plus tard, je découvris qu'elle avait une collection impressionnante de ces noyaux Kodak jaunes autour desquels les bobines étaient enroulées. C'étaient tous ceux qu'il avait touchés. Monique vivait dans son rêve. Des années plus tard, je la croisai dans les couloirs du studio de Billancourt. Nous étions toutes deux devenues assistantes monteuses dans la production. Elle me lança : « Robert Bresson est amoureux de moi. Il va quitter sa femme. Ça va faire un boum dans le cinéma français. » Le « boum » m'a subjuguée. Je m'empressai d'aller porter la nouvelle à Claudine Bouché, ma chef monteuse, certaine de mon effet. Elle adora, et, durant quelques semaines, on ne pouvait rien se raconter sans terminer par : « Et ça va faire un boum dans le cinéma français ! »

Je passai devant le Dany Bar, torturée d'angoisse à l'idée que, si je saluais notre directeur, ce serait déplacé par rapport à mes collègues, qui faisaient mine de ne pas le voir, mais que, si je l'ignorais, ce serait mal élevé ! Pire : ingrat ! Je m'en sortis par un coup d'œil en coulisse, et une grimace informe, pas compromettante, lui laissant le choix de relever ou d'ignorer mon étrange salut. On devrait écrire un manuel des comportements idoines à l'intention des stagiaires. Ça s'appellerait : « Départ dans la vie », et ça se vendrait comme des petits pains.

À une centaine de mètres du Dany Bar, je poussai la porte du café-cantine du labo et découvris une large salle dont les tables étaient exclusivement occupées par les blouses blanches. Intimidée, j'amorçais ma fuite quand Gisou, une petite femme mince et nerveuse aux beaux yeux verts, m'apostropha avec son accent parigot à la Arletty :

— Viens ici, la môme ! Avec tous tes chattertons à r'tirer, faut nourrir la bête !

Les filles rigolaient. Je pris ma place, réconfortée, entre Fanny, une brune au regard vachard sous une frange épaisse, et la belle Germaine, qui ressemblait à Ginette Leclerc et dont le mari travaillait à l'étalonnage. Entre deux plats, la jeune femme au trousseau inachevé brodait un feston aux poignets d'une chemise de nuit blanche. Germaine qui avait surpris mon regard me glissa assez fort pour que les autres entendent :

— Ça, l'heureux élu, côté lingerie, il aura pas à se plaindre, mais, pour le reste, elle va manquer d'idées, la Louison !

Les filles éclatèrent de rire. La jeune femme, habituée à ces plaisanteries, continuait à tirer l'aiguille au lieu de se nourrir. Pour être dans le coup, je demandai à Lolita, celle dont le regard sombre m'intimidait :

— Et toi ? Tu es mariée ?

— Ben tiens ! T'en as de bonnes, toi ! J'suis une femme convenable ! Que dalle en dehors des d'voirs conjugaux !

Pierrette se servit de frites grasses et trop cuites et dit, ne s'en laissant pas compter :

— Arrête ton char, Lolita ! T'as oublié le malheureux qui est tombé dans ton plum' un soir de cuite quand ton régulier était chez sa mère malade !

— Ça compte pas, ça ! Et puis, les cuites, elle devrait essayer, la fiancée éternelle ! Vu que, côté trousseau, c'est ceinture-bretelles !

Une rousse qui tentait en vain de boutonner sa blouse sur son opulente poitrine regarda ses copines et soupira :

— Ben moi, les filles, c'est reparti, la grange est pleine !

— Encore ! Les précautions, t'en as jamais entendu causer ?

— J't'ai dit ! Mon jules veut pas. C'est un catho fervent.

— Tu ferais mieux de les faire par portées, ça irait plus vite ! Et qu'est-ce qu'il en dit, le religieux ?

— C'est pas lui qui les torche, hein...

— Au début, ça te plaisait qu'il soit un chaud lapin.

— Ça plaît toujours de se sentir désirable, soupira la jolie potelée.

C'était la même ambiance qu'au vestiaire. La

proximité des hommes aux autres tables ne les gênait pas. Peut-être même qu'elle avivait leur vigoureuse cruauté. Je buvais leurs paroles.

En pointant, ce soir-là, j'entendis la belle Germaine déclarer :

— C'est-y moi qu'il vient chercher, ce beau mâle ? J'en ferais bien mon quatre-heures.

Je jetai un rapide coup d'œil : Christian au volant de son auto garée à la diable devant la sortie souriait à toutes.

— C'est un acteur ! J'l'ai vu dans un film.

— Des comme ça, j'en veux bien pour bercer mes dimanches !

— Moi, je lui ferais même cadeau de mon quotidien !

Je lançai un « salut » à la cantonade et partis d'un pas décidé. Je passai près de Christian sans le regarder, mais en murmurant : « À la passerelle. »

Il fut parfait. Joua le jeu et vint me récupérer plus loin. Il avait son rire espiègle.

— Alors, on a honte ? La voiture est trop belle ?

Je montai, légère d'un coup.

— Ne me fais plus jamais ça !

Il appuya sur l'accélérateur en disant d'un ton railleur :

— OOOOKKKKKK !

5

Je ne m'en tirai pas si facilement. Une heure plus tard, dans le petit appartement du deuxième étage de la rue de Bassano, Christian annonça à notre frère Serge et aux amis qui échouaient là presque tous les soirs :

— La petite travaille. Elle est à l'usine.

Vadim, l'ami d'enfance, à cette époque scénariste de Marc Allégret, s'apitoya :

— Oh pourquoi, la pauvre ?

— Parce qu'elle a peur de devenir comme toi.

Toscano, un beau blond, dont le frère était violoniste et qui s'était lancé dans une carrière de comédien, demanda :

— Et tu fais quoi, petite ?

— J'ai pointé.

Je l'avais dit avec modestie, mais tous avaient senti ma fierté cachée. L'idée de « pointer », et que cela me semble une prouesse, leur parut irrésistible. Ils riaient de folie et, dès que leur hilarité faiblissait, il s'en trouvait un pour déclarer :

— Elle pointe !

Et leur fou rire reprenait.

C'est Maurice Ronet, jeune acteur au regard bleu acier, au merveilleux sourire carré, qui eut pitié de moi. Il me dit :

— Ne fais pas attention à ce tas de voyous, ma cocotte... C'est très bien, de travailler.

Michel Auclair, un autre jeune comédien, enchaîna :

— Et puis un jour, comme tout le monde, tu laisseras tomber pour te marier !

Lui n'avait rien compris. Je voulais un travail. La liberté, quoi. Michel descendit d'un coup du piédestal où il ignorait que je l'avais mis.

Paul Gégauff, dont je me méfiais sans raison à l'époque, me scruta et me demanda :

— Et à part pointer, tu fais quoi ?

— Je suis au département stock.

Je n'étais pas mécontente de l'intrusion du mot « département ». Mais Paul n'était pas du genre à lâcher, il poursuivit donc :

— Et tu fais quoi ?

L'inanité de mon travail m'apparut d'un coup et me fit l'effet d'une bombe. Je n'allais pas m'embarquer avec cette bande infernale dans mon histoire de chattertons à ôter au cutter, je répondis donc un peu au hasard :

— J'archive.

Le mot impressionna ! J'avais la frousse de la prochaine question, mais, Dieu merci, Serge était là. Dieu merci, Serge ne pouvait pas rester longtemps sans faire le crétin, et, comme il était drôle, l'attention de tous se porta sur lui. Aux mots : « J'archive », il s'était immobilisé, une tartine de moutarde dans la bouche. Son visage restait figé dans une stupéfaction intense, alors que la moutarde dégoulinait sur son menton, à la grande joie de tous.

Christian lui demanda :

— Et comment tu vas faire maintenant pour t'arrêter ?

Mais Serge ne s'arrêtait jamais.

6

Le lendemain, assise en blouse blanche sur mon tabouret, cutter à la main, j'ôtais les chattertons noirs.

Et c'est alors que commença... l'ennui.

Lorgnant ma rangée de boîtes, j'en ouvris une. Elle était remplie de petits rouleaux de pellicule serrés dans des élastiques. J'en déroulai un. C'était un film sur les Noirs. En regardant les images une à une, on pouvait percevoir le mouvement. J'allai au bout du rouleau. Sur la dernière image, le Noir avait ouvert une fenêtre. Me souvenant que papa nous avait toujours recommandé de prendre des initiatives, je décidai de ranger tout ça.

Quand la sirène retentit, une multitude de petits rouleaux étaient classés par taille sur les étagères. Je n'avais pas trouvé d'autre manière de les agencer, puisque j'avais constaté que tous les films étaient sur les Noirs.

Mains dans les poches, j'allai vers la cantine

en bavardant avec une des filles. Claudine avait un visage doux, un sourire flottant, un regard bleu, qui contrastaient avec un corps très charnel, des cheveux blonds interminables qu'elle coiffait en chignon compliqué. Elle était différente. Elle parlait peu, mais chacune de ses remarques me frappait par son ironie corrosive. Elle avait travaillé à Berlin dans un autre labo et comme barmaid dans une boîte de nuit à New York. Bref, elle se démarquait des autres. Elle avait de surcroît une solide réputation de séductrice, qu'elle méritait bien. Libre, elle ne s'en cachait pas.

Avant de pénétrer dans le café, elle me demanda si je pouvais pointer pour elle, le lendemain matin. Elle craignait d'être en retard et m'expliqua brièvement pourquoi.

— Je vais voir mon gosse, qui est en nourrice à Fontainebleau.

— Et son père ?

— Il est mort. Quand j'étais barmaid à New York, je pouvais garder le petit avec moi parce que le boulot commençait en fin de journée, mais là...

— Tu le couchais avant de partir ?

— Non, je lui téléphonais pour lui dire : « Maintenant tu manges », et une demi-heure plus tard : « Là, tu te couches comme un grand garçon. »

Il me sembla, cette fois, plonger dans une nouvelle de Maupassant. Je venais de me faire une amie et elle avait un enfant orphelin de père. Elle l'élevait seule, et tout ça ne l'empêchait pas de rire, de vivre, de blaguer avec son humour noir irrésistible. Quel courage elle avait ! J'étais pétrifiée d'admiration et flattée de la confiance qu'elle me témoignait.

Claudine entra ce jour-là dans ma vie, elle y est toujours. Par les autres, en fait, je n'étais pas encore adoptée, mais ne m'en rendais pas compte.

Dans le joyeux brouhaha habituel, chacune prenait sa place. À la cantine comme ailleurs, mes copines parlaient encore et toujours de sexe, et continuaient sans le savoir à m'ouvrir grandes les portes du mystérieux rapport entre les hommes et les femmes hors de la littérature et de mes rêveries. On était loin de Flaubert ou de Stendhal, que je dévorais la nuit dans mon lit.

Parfois, entre les plus politisées d'entre elles, il était question de la lutte des classes. J'en avais entendu parler à la maison, mais, le sujet ne me passionnant pas, cette lutte était restée pour moi très abstraite. C'est à LTC que je compris enfin de quoi il s'agissait. Gisou, imbattable sur toutes ces questions, était une syndicaliste enragée. Elle s'en vantait haut et fort et clamait :

— Fille de syndicaliste et syndicaliste moi-même...

Elle discourait à l'infini sur les exploiteurs et les exploités.

Quant à moi, j'étais de plus en plus loin de « la maison ».

C'est là-bas que je mesurai à quel point mon père rêvait la vie. Lui, son idée était d'égaliser par le haut. À chacun sa Chevrolet, son frigo, et pourquoi pas son yacht.

Papa était un communiste rêveur.

7

Durant mon enfance, parfois, il arrivait que papa nous réunisse et lance à maman : « J'emmène les petits à la manifestation », à quoi maman répondait invariablement : « Très bien, ça leur fera prendre l'air. » Pour moi, les manifs se résumaient donc à de joyeuses sorties tumultueuses. Nous défilions gaiement. J'étais fanatique des mots d'ordre, dont le sens m'échappait, mais que j'adorais clamer à l'unisson. Certains me sont restés gravés : « Libérez Henri Martin ». J'imaginais une sorte de Robin des Bois, enchaîné à des grilles, et nous tendant les bras entre deux barreaux. J'aimais beaucoup Henri Martin.

Quand plus tard, durant je ne sais plus quelle grande grève, Huguette, ma sœur aînée, se retrouva au poste de police et en sortit assez amochée, maman soupira :

— On n'a pas idée ! C'est ton père qui t'a fourré ces idées dans la tête !

À quoi ma sœur, avec la sauvagerie qui la caractérise, rétorqua :

— Papa n'y est pour rien dans mes idées, qui n'ont d'ailleurs rien à voir avec les siennes.

Curieusement, c'était vrai. Durant les repas familiaux, où on n'appliquait pas l'interdiction : « Les enfants ne parlent pas à table », Huguette et papa, les deux communistes de la maison, n'étaient jamais d'accord. Ils défendaient avec passion leurs points de vue contradictoires, sous nos regards ravis.

Notre famille était parfaitement soudée par deux traits de caractère. Chacun de nous était péremptoire, donc désireux de se faire entendre (ce qui était par conséquent impossible). D'autre part, nous étions tous doués d'un formidable esprit de contradiction, qui ne nous a toujours pas quittés aujourd'hui ; dès que l'un dit blanc, il n'a pas fini sa phrase qu'un autre défend le noir !

En bons Méditerranéens, nous parlions, je devrais dire nous hurlions, tous en même temps. Pour se faire entendre, il arrivait que l'un de nous se lève, un autre montait alors sur une chaise, pour, à son tour, dominer la situation.

Mes parents tenant toujours table ouverte, il y eut une époque où des photographes et journalistes de *Paris-Match*, tous plus amusants les uns que les autres, délaissaient la Belle Ferronnière, rue François-Ier, pour venir déjeuner à la maison.

Quand ils étaient là, ils ajoutaient encore au désordre ambiant. La troupe de Carmen Amaya, une danseuse espagnole, prit aussi ses habitudes chez nous, le temps de son passage à Paris. Les danseurs débarquaient à l'improviste, certains d'être toujours bien accueillis. Aujourd'hui, je pense qu'ils devaient trouver chez nous le bonheur de se réunir entre Méditerranéens.

Mes parents se complétaient parfaitement.

Ma mère était une terrienne pragmatique et rieuse, qui rêvait d'une maison à elle et, dès que nous posions les pieds dans un nouvel appartement, ce qui arrivait fréquemment, elle s'empressait de confectionner des abat-jour, des rideaux, pour fabriquer un « home »...

À l'opposé, papa avait la folie des grandeurs et ne rêvait que de palais et de parcs enchanteurs. Il nous emmenait souvent avenue Foch devant la « maison rose », qu'il envisageait d'habiter un jour. Les matins de printemps, je m'imaginais me réveillant dans la maison rêveuse et, dès l'aube, sortir pour courir sous les arbres de l'avenue Foch.

Papa n'avait pas peur des contradictions, il fallait faire avec. Entassés dans son auto, avenue du Bois, nous devions admirer cette maison inaccessible et, dans le même instant, admettre son paisible discours, nous recommandant de n'être jamais ni propriétaire ni salarié. C'était, à l'entendre, le pire des péchés (avec spéculateur !). Je pense que ses théories avaient un rapport avec les impôts, qu'il réussit à éviter presque toute sa vie.

Bien des années plus tard, alors que j'étais chez moi, rue des Francs-Bourgeois, à répondre aux questions on ne peut plus sérieuses d'un journaliste, on sonne à la porte. J'ouvre et me trouve nez à nez avec une femme commissaire, petite et rondouillarde, et un huissier : ils demandent à voir papa, qui a un temps habité chez moi. Il a déménagé depuis longtemps, mais a décidé de conserver cette adresse (pour des raisons obscures, celle de la rue Jean-Nicot, où il loge désormais, lui plaisant moins). Je réponds, comme il me l'a demandé, que mon père est en voyage. Gelée de la tête aux pieds, la commissaire me rétorque que c'est chaque fois la même comédie, et qu'il me faut aujourd'hui donner la véritable adresse de mon père. Je les prie, elle et l'huissier, d'entrer à cause du froid... Je leur demande de patienter quelques minutes, m'excuse au passage auprès du journaliste interloqué, qui n'a rien perdu de cette curieuse conversation, et m'enferme dans ma chambre pour appeler papa, loin des oreilles indiscrètes.

— C'est moi, Nana, il y a une commissaire de police qui en a sa claque de tes voyages.

— Ça ne la regarde pas.

— Non, mais elle est là avec un huissier qui veut établir la liste de nos meubles. Ça va angoisser Alain.

— Ah bon...

— Je peux lui donner ton adresse ? Je lui dis que tu ne possèdes rien, qu'elle te foute la paix.

— Tu penses... ? Oh et puis oui, après tout, fais ce que tu veux, ma chérie. On s'en fiche de tous ces médiocres.

Je regagne donc l'entrée et révèle la véritable adresse de mon père.

La commissaire est sidérée.

— Mais alors, depuis des années, vous nous mentez !

— Oui ! Et si ça vous dit d'aller tourmenter un vieux monsieur fragile du cœur qui ne possède que ses vêtements... Au risque de le tuer...

La main sur la poignée, elle hésite, puis me lance, intriguée :

— Alors, expliquez-moi cette étiquette sur votre boîte à lettres : « Jean Marquand. Directeur d'expansion mondiale »...

Ça, c'était du papa tout craché. Il avait une attirance démesurée pour les termes ronflants, alors qu'il était le premier à ne pas y croire.

Un ange passe, blanc comme neige. Je demande :

— Et, au fait, ça gêne qui ?

La commissaire n'alla jamais ennuyer papa, et je retrouvai mon journaliste hilare.

Mon père était un homme de bonheur. Je n'oublierai jamais cette journée au jardin Albert-Ier, à Nice, je devais avoir six ou sept ans. Il m'acheta sur un coup de tête non pas un ballon, mais le bouquet entier. Le marchand noua avec soin le bout de la ficelle autour de mon poignet. Le long de la promenade des Anglais, je gardai les yeux sur les ballons multicolores, qui flottaient au-dessus de moi. Papa me dit, l'œil joyeux :

— Si on les lâchait tous d'un coup ?

Il dénoua la ficelle, me la mit entre les doigts, et se redressa.

— C'est quand tu veux.

J'ouvris la main. Les ballons bleus, rouges, jaunes flottaient dans le ciel au-dessus de la mer. Ils se mêlèrent aux mouettes, semblèrent hésiter avant de s'envoler toujours plus haut vers les nuages rose et gris.

Les promeneurs s'arrêtaient, appréciant le spectacle. Certains applaudirent. J'étais fière de papa qui avait le don d'inventer des spectacles enchanteurs, fière de moi, qui paraissais être la déesse de ce miracle !

Mon père était magique.

8

Pour ce qui est de rêver, j'avais été à bonne école. J'ai donc trouvé très vite la parade à l'ennui dans ma petite réserve de LTC. Dès la deuxième semaine, j'arrivai avec des livres planqués sous ma blouse et, sans remords aucun, je lus.

À la cantine, mon éducation sentimentale se poursuivait. Les filles, un ton en dessous, vu le thème de leur bavardage, et afin de ne pas être entendues par les hommes, mais ne se méfiant plus de moi, critiquaient sans complexe les chefs de service avec lesquels certaines avaient des aventures sans lendemain. Leur philosophie se résumait à la phrase de Claudine : « En amour, les apprentis sont aussi savants que les maîtres. »

Le nombre d'histoires qui avaient pu se nouer et se dénouer dans l'enceinte du labo m'impressionnait. Ainsi le monde entier s'envoyait en l'air ! Je constatais, sidérée, que les filles séduites pour un moment d'amour volé au temps et à la vie par leurs chefs de service étaient en réalité leurs ennemies intimes, viscérales. En même temps, elles étaient flattées d'avoir attiré leur attention, le temps d'une courte romance. Peut-être acceptaient-elles aussi ces rencontres clandestines par crainte de perdre leur emploi, mais de cela jamais aucune ne s'en ouvrit à moi. En revanche, entre elles, ce sujet était un prétexte aux vannes les plus crues.

— T'as disparu bien longtemps, toi, c'matin ! Tu t'es fait basculer dans un bac ?

— Tu ferais mieux d'arrêter ton bagout, Suzon ! Avec tes yeux cernés, on peut se demander si t'en as pas fait dix, des bacs, toi, dans la journée !

Suzon rejetait ses cheveux noirs en arrière, haussait des épaules dédaigneuses.

— J'ai pas besoin de fauter pour avoir des cernes ! Il suffit de jouer du poignet la nuit. Moi, la baise... j'en ai ma claque.

— T'as vu le loup trop tôt ! Ça t'a faussée.

Soudain songeuse, Suzon regardait dans le vide, son menton appuyé sur une main potelée.

— Ben ouais ! Sûr et certain qu'j'aurais voulu oublier les visites fêtardes de mon père, la nuit... Il m'a fait rebuter de la chose.

— Faut dire... Comme départ dans la vie...

— Bof... Maintenant qu'il a tiré le rideau, quand j'pense à lui... j'lui en veux pas... Toujours bourré, est-ce qu'y se rendait seulement compte ? Et comme ma mère me disait d'la fermer !

C'était la première fois que j'avais devant moi une femme abusée par son père. Une des héroïnes des faits divers de *France-Soir*, que j'adorais lire, était là devant moi, en chair et en os !

Le regard de Suzon rencontra le mien. Elle eut un rire railleur.

— Ça te fait bizarre, nos histoires, hein, la môme ?

Elle avait pardonné l'impardonnable... D'instinct, je mentis :

— Pourquoi ça me ferait bizarre ? C'est partout pareil, non ?

— Oui, mais chez les tiens c'est motus et bouche cousue, et pas un mot à la reine mère !

Je cherchai qui, dans mon entourage, avait été violenté par son père, sans trouver. Je continuai de dissimuler.

— Non, pas toujours.

J'étais tellement embarrassée que je ne pensais qu'à changer de sujet. Entre la poire et le fromage spongieux, je hasardai, pour avoir l'air d'être dans le coup :

— C'est fou ce qu'on fait comme films sur l'Afrique...

Heureusement, seul Étienne Becker, un jeune stagiaire qui passait devant notre table, m'entendit. Ma réflexion, probablement, le remplit de compassion, et il me fit signe de laisser tomber. J'obéis, comprenant que j'avais lâché une bourde.

Peut-être y avait-il des nègres blancs parmi nous ! Oui, et alors ? Mes parents ne faisant aucune distinction entre les Noirs, les Blancs et les autres, je me demandai où était le problème. Dans le doute, je me tins coite.

Dans la rue, en regagnant le labo, Étienne se glissa jusqu'à moi et me murmura :

— Au stock, ce sont des négatifs dans les boîtes.

— Et alors ?

— Les négatifs inversent. Les blancs sont noirs.

Je compris l'énormité de mon erreur.

— Bien sûr, que je suis bête. Merci.

Suzon m'attrapa le bras au passage.

— Tu sais, petite, tu es pas pareille que nous, n'empêche, tu me reviens. Si ça se trouve, je te demanderai un service.

Discret, Étienne s'éloigna en me faisant un sourire en coin.

J'étais effarée et je décidai de replacer les négatifs au plus vite dans les boîtes. Mais comment faire ? Juchée sur mon haut tabouret, je contemplais, atterrée, mes rouleaux rangés comme des soldats de plomb. Impossible de me souvenir des boîtes leur correspondant ! Je les remis au hasard, dans un désordre irréparable.

Mais ça ne devait avoir aucune importance, car personne ne m'en fit jamais le reproche.

Ma paresse me suivrait-elle partout ? Déjà, ôter les chattertons me lassait ! La deuxième semaine de mon stage tirait à sa fin. J'étais toujours au service stock, où l'unique avantage était de ne pas avoir de chef, mais où je n'apprenais rien.

Le vendredi soir dans le vestiaire fusait la rengaine hebdomadaire.

— Encore une semaine de passée.

Mes camarades de travail vivaient dans le passé, dans l'achevé. Les fins de week-end, de semaine, de vacances, d'année, jusqu'au jour où la vie entière aurait filé. On entendait alors : « Vivement la retraite ! », formule invariablement suivie de : « T'as eu de la chance de pas te faire virer avant », à quoi j'aurais pu répondre à leur place : « Je ne me plains pas », ou : « J'ai assuré mes arrières », phrase qui me plongeait dans une profonde perplexité.

À l'inverse d'elles, je n'avais que des espoirs radieux. J'attendais impatiemment les vacances de Noël et je leur demandais sans cesse quels étaient leurs projets. Jusqu'au jour où l'une d'elles me balança :

— Arrête de nous pomper avec Noël, la môme ! Les plus chanceuses auront un réveillon et un Noël en famille, les autres quarante-huit heures à pleurnicher dans leur lit et basta !

Je me tus. Je venais d'apprendre que, Noël, c'était trois jours pour les adultes.

La veille du réveillon, Christian et Serge partirent festoyer chez des amis, à la campagne. Ils se proposèrent de m'emmener, mais, sans savoir pourquoi, je mentis.

— J'ai déjà accepté une invitation.

Christian décida donc de me laisser Nouchka, son guépard femelle, qui détestait la bagnole. L'animal ayant l'habitude de dormir sur son lit, il me demanda de le prendre dans ma chambre durant la nuit... Et de ne pas oublier de lui donner sa pitance : moitié viande hachée, moitié carottes râpées. J'aimais bien Nouchka, mais je n'avais encore jamais dormi avec elle. Cependant, j'étais prête à tout pour ne pas décevoir Christian.

Je les regardai partir, j'eus soudain le cœur serré et je me demandai pourquoi j'avais décidé sur un coup de tête de passer seule ce Noël-là.

Pour voir...

Je vis.

Le matin du réveillon avait pourtant bien commencé. J'avais décidé d'aller dans les jardins du musée Rodin, où Huguette m'avait souvent emmenée. J'étais libre, seule, et pas mécontente dans mon for intérieur d'avoir choisi de m'entourer de beautés. Mais, avec la fin de l'après-midi, une angoisse m'envahit, insidieuse. Je me mis à parcourir d'un pas vif, comme si j'étais attendue quelque part, comme les autres, les rues du quartier Bassano.

Ma solitude m'étreignait d'une main de fer.

Je n'avais pas un sou.

Une petite pluie fine, interminable, se mit à tomber.

Dans la nuit, les fenêtres des restaurants brillaient de mille feux. En passant devant, je voyais comme en songe des gens réveillonner. Ils avaient l'air heureux. Ils se jetaient des cotillons à la figure, tout ce que je détestais, et pourtant je les enviais. La petite fille aux allumettes n'était pas loin !

Je ne voulais ni rentrer à la maison, ni continuer d'arpenter des rues sombres et de plus en plus glaciales. Impossible de me résoudre à affronter l'appartement vide. Enfin je regagnai ma chambre qui hurlait de solitude. Nouchka me fit une fête touchante. Je mis un disque de chants géorgiens, piqué à Christian, histoire de rendre l'atmosphère plus austère encore. Mille voix d'hommes s'élevèrent, nobles, puissantes et sourdes à la fois. C'était très beau et à se flinguer.

J'emmenai Nouchka dans ma chambre. Tout en souplesse, elle se coucha au pied de mon lit.

J'étais jeune et pas encore insomniaque, c'est pourquoi, malgré ce que je vivais comme un exil, je m'endormis très vite.

Le lendemain matin, je fus éveillée par un énorme ronron. J'ouvris les yeux et vis les moustaches du guépard à deux centimètres de moi. J'avançai une main timide pour la caresser, son ronron augmenta encore de volume, cependant qu'elle frottait sa tête contre ma main.

Malgré la présence câline de Nouchka, je vécus ce jour de Noël comme si j'étais dans un pays étranger dont je ne comprenais pas la langue.

Vidée, sans joie, sans désir, je raclai le fond de mes poches pour constater que j'avais tout juste de quoi me payer une place de cinéma. J'allai aux Champs-Élysées, où passait le film le plus insipide qu'on puisse imaginer : *White Christmas*, que je vis trois fois, terrorisée à l'idée de retrouver les rues mornes et ma chambre vide.

Quand je sortis, la nuit était tombée, et je connaissais par cœur la chanson stupide du film, qui commence par : « *I'm dreaming for a white Christmas...* » Dieu merci, j'ai oublié la suite.

Dans la nuit, Christian et Serge rentrèrent avec des têtes de fêtards. Les voir suffit à effacer l'angoisse des jours précédents. Je ne leur dis pas un mot de mon horrible week-end. Nouchka gambadait sur le lit de Christian. Mes deux frangins semblaient lessivés, incapables de bouger. Je leur ôtai leurs chaussures, leurs pantalons. À moitié endormis, ils riaient de mes efforts.

— Mais c'est qu'elle est très gentille, notre petite sœur.

— Ou bien elle a envie de voir nos énormes sexes !

— Pauvres malades, comme si je ne vous avais jamais vus à poil !

— La petite vicieuse ! Non mais, tu l'entends ? Elle en redemande !

Riant avec eux, je les bordai, et retournai, rassérénée, dans mon lit. Je n'étais plus seule, la vie reprenait.

9

Dès le lundi, revenue dans mon cagibi du stock, l'ennui mortel me retomba dessus, je décidai de réagir.

J'étais timide, mais, grâce à papa, je n'avais aucun sens de la hiérarchie.

Je me souviens qu'un jour il m'avait emmenée dans un ministère parce qu'il désapprouvait une nouvelle loi et voulait en parler personnellement au ministre. D'un geste ferme, il écarta l'huissier qui lui demandait s'il avait rendez-vous et se dirigea, sûr de lui, vers l'ascenseur en lançant par-dessus son épaule, comme une évidence :

— Je suis Jean Marquand.

Ce qui était vrai. L'huissier ne savait pas que, tout comme lui, le ministre ignorait tout de Jean Marquand, mais, devant la superbe de papa, l'homme eut peur de commettre une bévue. Il nous laissa donc passer. Papa, qui s'amusait comme un fou, me dit de choisir un étage. Dans le couloir aux parquets bien cirés, nous hésitâmes un instant devant des portes toutes semblables.

— C'est embêtant, constata mon père, au moins, quand il y en a une qui en impose, on sait que c'est la bonne.

Nous ne vîmes pas le ministre, nous nous fîmes poliment virer par son secrétaire, mais, pas déçu pour un sou, papa déclara dans la rue que ce serait pour une autre occasion, et que chaque citoyen devrait voir au moins une fois dans sa vie ces fichus bureaux.

— Pourquoi, papa ?

— Mais, mon chéri, parce que ces hommes nous gouvernent ! Ce n'est pas rien... Et puis, il vaut toujours mieux s'adresser au bon Dieu qu'à ses saints.

Grâce à quoi, quelques années plus tard, d'un pas décidé, je traversai les nombreux services du labo, jusqu'à la porte du directeur. Je lui expliquai que, concernant les chattertons des boîtes du stock, j'avais compris de quoi il retournait, et que, déterminée à devenir monteuse, je désirais changer de service.

Très compréhensif, il décida de m'affecter au « service du montage négatif », en me prévenant que la chef, Mme Maguin, n'était pas facile, mais j'étais si heureuse de pénétrer enfin dans le saint des saints que je n'en tins pas compte. De plus, les filles avec qui je déjeunais chaque jour faisaient presque toute partie de ce service.

Mme Maguin me plaça au côté de la belle Fanny.

Curieuse au début, je fus vite déconcertée. Fanny œuvrait avec une telle dextérité que je ne comprenais rien à ce qu'elle faisait. D'un geste sûr, elle mettait sa machine en marche en tenant entre deux doigts légers et gantés de blanc la pellicule de la copie de travail, qui était du positif et servait de modèle. Elle arrêtait la machine sans que je sache pourquoi – en fait, quand elle avait senti une collure. Là, elle repérait avec sa loupe les numéros de bord, attrapait le rouleau correspondant, coupait, collait et repartait. J'étais tellement larguée que je dépassai les limites du désespoir.

Une semaine horrible ! Muette à côté de Fanny, je voyais défiler la pellicule à une vitesse folle, mais le métier ne rentrait pas. C'était comme partout, j'avais la sensation que j'étais la seule à ne pas avoir le mode d'emploi. J'étais de moins en moins optimiste quant à mon avenir.

Le vendredi, au vestiaire, les filles, qui ignoraient mon désarroi ou feignaient de ne pas le voir et avaient peut-être vaguement pitié de moi, m'invitèrent à partager un pique-nique prévu pour le dimanche suivant, « entre femmes ». Certaines emmèneraient leurs petits ; il semblait que pas un seul des pères ne fût capable d'assumer les mômes, même pour une seule journée.

À dix heures, nous nous retrouvâmes à la gare Saint-Lazare. Après une heure et demie de train et vingt minutes de marche, nous étions assises en rond, manteau boutonné, écharpe autour du cou, sur une couverture étalée dans un pré, en pleine campagne. Les petits couraient de tous côtés et, paisibles, leurs mères bavardaient.

C'était une belle journée lumineuse. La prairie étincelait sous le soleil tendre de l'hiver. Le ciel d'azur ajoutait à notre gaieté.

Très vite, entre les œufs durs et le saucisson, les hommes redevinrent le centre de la conversation. Ils étaient plaisamment roulés dans la farine. Pourtant je commençais à discerner que les joyeuses injures n'empêchaient pas l'amour.

Chacune avait apporté son gâteau, sauf moi, qui ne connaissais pas leurs habitudes. J'étais malgré tout très fière d'être l'unique stagiaire invitée.

Soudain retentit un magnifique cocorico, mêlé au son lointain d'un clocher d'église. Je rêvassais, nostalgique, revoyant les villages de mon enfance, quand Gisou, de sa voix traînante, déclara avec son accent des faubourgs :

— Moi, quand j'entends un coq, ça me donne le cafard !

Je fus prise d'un fou rire. J'avais bu du vin pour la première fois de ma vie, et mes copines, pas dupes, m'observaient, échangeant des clins d'œil complices. Mais mon hilarité n'était pas seulement due au vin, c'est qu'à la maison nous aimions le chant des coqs, les cloches des vaches dans les alpages, le bruit lointain des scieries, et l'idée que ça puisse saper le moral me déroutait autant qu'elle m'amusait.

Je demandai pour faire diversion :

— Tu vas où pour les vacances ?

— À Paris, chez ma marraine. (Suzon habitait la banlieue.) L'an dernier, c'était mieux, elle avait loué une villa au bord de la Manche.

— Il gèle là-bas, non ?

— Au moins il y a la mer.

— Une mer glaciale.

— Peut-être, mais c'est au bon air.

Toutes évoquaient leurs projets de vacances, et je découvris avec stupéfaction que chacune savait à l'avance quand et où elle partirait.

Leurs vies, leurs vacances, étaient donc réglées à l'avance ! C'était possible de vivre ainsi ?

Je les écoutais, perplexe, en me demandant si mes camarades de travail ne se payaient pas ma tête.

10

Mes parents nous avaient habitués à vivre au jour le jour, dans un rêve hasardeux... Mes deux frères, mes trois sœurs et moi-même adorions cette vie, limite romano, bien plaisante. C'était très gai, tous ces voyages impromptus. J'ai eu beaucoup de mal à entrer dans un moule. Mes frères et sœurs aussi. Y sommes-nous d'ailleurs jamais arrivés et en avons-nous eu réellement envie... ?

Papa et maman n'avaient qu'un mot à la bouche : « demain ».

— Demain, on ira voir le soleil se lever...

— Demain, on part...

— Demain, on va bien rire...

— Demain, on mangera des glaces à Beau Rivage.

On avait des parents rieurs et insouciants. Il y avait aussi :

— L'été prochain, on va en Amérique !

Cette chimère-là revenait avec une régularité

de métronome. Chaque fois, on y croyait. J'imaginais le paquebot sur une mer d'huile, l'arrivée dans la baie de New York, la statue de la Liberté, les cow-boys sur le quai, Gregory Peck à cheval, contemplant de son magnifique regard l'entrée du bateau dans le port, avant de s'éloigner au galop sur fond de soleil couchant... Que ces projets merveilleux tombent à l'eau importait peu. On avait nos rêves, et puis les moments de bonheur ne manquaient pas : les trains de luges à Saint-Gervais, les baignades dans les torrents glacés, le pédalo à Beau Rivage, ou bien, les jours de pluie, les grandes parties de Monopoly, dont le gagnant était le meilleur tricheur. J'ai longtemps cru que c'était la règle du jeu.

Parfois, d'un coup, papa disait à maman : « Ce n'est pas bien ici. On s'en va. »

Maman avait un don pour faire valises et paquets à une allure record. J'entends encore mes parents, devant la voiture ou sur le quai d'une gare, compter : « Un, deux, trois, quatre, cinq enfants, une, deux, trois valises, un, deux, trois, quatre colis, c'est bon. »

Pendant la guerre, cette vie de bohème nous sauva sans doute. Prendre un train était alors un sport. Les wagons étaient plus que bondés. À peine la locomotive arrivait-elle en gare, crachant sa fumée et hurlant, que déjà papa jouait des coudes pour monter le premier, un enfant pris au hasard dans ses bras ou tenu par la main selon son âge. En tout cas, il était, lui, le premier à s'engouffrer. Toujours. Dans les couloirs, les voyageurs éreintés se levaient en râlant sur notre passage.

Papa allait de wagon en wagon pour dégotter une place. Je me souviens d'une banquette où il m'avait placée d'autorité entre deux énormes femmes. Je me souviens du train qui s'ébranlait et de ma peur d'y être seule, séparée de ma famille pour toujours. Paralysée, je n'osais bouger quand j'entendis mon nom. À la portière, maman me souriait. La vision de son visage serein me rassura aussitôt. Elle hurla depuis le couloir pour couvrir le bruit du train :

— Ça va, ma chérie ?

Et aussitôt elle repartit vérifier que mes sœurs et frères étaient bien casés dans d'autres wagons.

Les voyages duraient longtemps. Les trains s'arrêtaient sans raison, ou à cause d'un bombardement. Même dans ces cas-là, j'avais le sentiment que rien de mal ne pouvait m'arriver, puisque j'étais avec les miens.

Je me souviens d'un autre voyage où nous étions réunis dans le même wagon. Par la portière maintenue ouverte par Christian et Serge, nous regardions les paysages défiler. Le train s'arrêtait souvent. La halte pouvait durer une heure ou une journée. Mes frères bondissaient dehors, des bouteilles vides à la main, à la recherche d'un peu d'eau. Parfois, malgré les injonctions de papa, ils feignaient de laisser le train redémarrer sans eux, pour le plaisir de le prendre en marche. J'avais peur qu'ils ne le ratent. Qu'on les perde. Maman, toujours paisible, me rassurait.

La seule fois où j'ai eu peur durant la guerre, c'est le jour où la sirène d'alerte s'est déclenchée alors que j'étais au lycée Janson-de-Sailly à Paris. J'ai fui dans les longs couloirs, où régnait un désordre indescriptible. Je suis sortie dans la rue, je ne sais plus comment. Je courais, éperdue, vers Bassano, vers mes parents, quand soudain une prof m'a rattrapée et ramenée de force dans les caves du lycée. Les autres élèves étaient là, calmes en apparence. J'étais la seule à pleurer ; j'aurais sans doute eu honte si la peur qui m'étreignait n'avait effacé tout autre sentiment. Chaque fois que j'entendais le sifflement des bombes qui précédait l'explosion, je collais mes mains sur mes oreilles en sanglotant, certaine que j'allais mourir. J'étais perdue sans ma protection habituelle.

En revanche, j'ai adoré le jour où nous avons franchi la ligne de démarcation. Je me souviens avec précision qu'un passeur nous a amenés jusqu'à l'orée d'une forêt, devant une prairie. De l'autre côté, c'était la zone libre. Je me souviens aussi de Christian et Serge qui jouaient aux résistants héroïques.

Christian attaqua à voix basse :

— Tu as ta grenade ?

— Évidemment, et toi, les explosifs ?

Papa les engueula, et puis, d'un coup, le bruit lointain d'une escadrille se fit entendre, et je me trouvai collée au sol avec mes frères, sœurs et parents sous un tas de branchages, pendant que les avions de la Luftwaffe (ou bien étaient-ils anglais) nous survolaient.

Arrivés sains et saufs en zone libre, nous entrâmes dans le café du premier village. Les gens du coin nous apprirent que, la veille, il y avait eu des tirs. Mes deux faux résistants de frères échangèrent un regard de connivence.

À Frasnes, bourg jurassien, nous nous installâmes à l'hôtel des Voyageurs. Les parents nous inscrivirent aussitôt à la communale, comme ils le faisaient dès qu'ils avaient décidé de s'arrêter quelque part. C'est fou le nombre de fois où nous entendîmes : « Tiens, voilà la nouvelle », « Tiens, voilà le nouveau » !

Les parents finirent par dégotter une maison à louer avec trois chambres et une grande cuisine. Au début du court sentier qui menait chez nous, il y avait un lilas lourd de grappes mauves, nuages délicats. J'aimais cet arbuste. Il m'appartenait.

Papa dut regagner Paris pour son travail, et maman repartit avec lui. Ils nous confièrent à Huguette, qui avait tout juste dix-huit ans. Notre sœur avait depuis longtemps l'habitude de s'occuper de nous. Elle devait avoir dans les douze, treize ans quand papa avait décidé qu'elle serait ministre un jour et qu'il fallait donc qu'elle acquière le sens des responsabilités. Elle prit tôt l'habitude de nous garder, de nous protéger. Christian, le deuxième, était censé tenir le même rôle, mais il éprouvait un tel plaisir à nous taquiner, à nous flanquer la trouille, qu'il prenait parfois des chemins de traverse. Cependant, durant cette période-là, il sut être pour Huguette un vrai soutien. C'est d'elle que je tiens cette information.

J'ai, quant à moi, le souvenir inoubliable de grandes balades à vélo, installée sur le porte-bagages d'Alfred (un ami que nous appelions « Kilk », et qui épousa Huguette quelques années plus tard) ou bien sur la barre avant du vélo de Christian. Mains sur le guidon, ivre d'air, les cheveux au vent, j'éprouvais cette impression de liberté que l'on ne ressent que très jeune.

Nous nous arrêtions parfois au bord d'un étang, où Huguette cueillait des joncs, au risque de glisser dans les eaux marécageuses, afin d'apprendre aux plus jeunes à tresser des paniers.

Nous grimpions le soir, en cachette des paysans, dans les hautes granges à foin. Nous escaladions les poutres et, de là, nous nous jetions dans le vide en poussant le cri de Tarzan. Le foin, doux, odorant, nous accueillait. J'étais petite et maigre et, le jour où j'osai imiter les aînés, je disparus sous le fourrage. Mes frères et sœurs étaient fous d'inquiétude. Ils soulevaient le foin par brassées, en m'appelant, et ils me retrouvèrent un peu suffoquée, mais très fière.

Huguette veillait sur nous. Comme elle s'est mariée jeune, elle est aussitôt passée de l'éducation de ses frères et sœurs à celle de ses propres enfants : d'autres bonheurs, mais aussi d'autres charges. Aujourd'hui, la moindre atteinte à sa liberté la plonge dans une révolte qui ne surprend que ceux qui ignorent son passé.

Ma sœur aînée ne craignait rien ni personne. Superbe, impérieuse, elle parvenait à mater Christian et Serge, qui s'amusaient, la nuit, à nous terroriser, Lilou et moi, en nous enfermant dans des sacs de pommes de terre, et en imitant le hurlement sinistre des loups. Mes frères avaient d'autres cordes à leur arc pour nous faire peur, et l'image d'Huguette leur passant un savon est restée gravée dans ma mémoire.

Elle savait nous défendre contre les paysans qui nous chassaient des cerisiers à coups de fourche.

Elle rabrouait aussi notre propriétaire, qui râlait parce que le chien-loup que Christian avait recueilli dormait sur l'édredon de son lit. Dressée sur ses belles jambes de jeune fille, longues et musclées, elle tonnait :

— Mais moi, après la guerre, je vous en ferai porter, des camions d'édredons, pauvre minable !

C'est dans ce village que nous avons vécu la Libération.

Il y eut l'horreur des femmes tondues, sur lesquelles ceux qui n'avaient pas lutté durant la guerre se vengeaient de leur lâcheté d'une manière ignoble. Je connus alors la vraie peur. Celle, atroce, que l'on éprouve devant la brutalité aveugle, le désir d'humilier, bref, devant une forme de barbarie.

Il y eut, quand les libérateurs américains, français et africains arrivèrent par convois, les notables qui ouvraient leurs maisons, mais seulement aux officiers, les paysans qui prêtaient leurs granges aux soldats, mais seulement aux Blancs et en cas de pluie. Pas question, ni pour les notables ni pour les paysans, d'abriter ces Noirs venus d'Afrique du Nord ou des États-Unis pour servir, comme en 14 de « chair à canon ». Spontanée, généreuse, révoltée, Huguette nous envoyait chercher les malheureux. Lilou et moi adorions inviter ces hommes qui mangeaient leurs boîtes de cassoulet sous la flotte à venir se réchauffer dans notre cuisine. Ils étaient joyeux, reconnaissants. C'est ainsi qu'un Sénégalais prit pension chez nous durant quelques jours.

Le matin, il étudiait son catéchisme ou aidait aux tâches ménagères. Christian lui avait cédé sa chambre et dormait avec Serge. Le soir, notre ami raccompagnait poliment ses compatriotes jusqu'au seuil en les remerciant de leur visite. Il était chez lui, en somme. Une nuit, il frappa à la porte de la chambre d'Huguette, qui lui expliqua gentiment que, non, il n'en était pas question. Il partit un jour, et nous nous aperçûmes alors que, par délicatesse, il n'avait jamais dormi dans les draps et qu'il avait déposé des tablettes de chocolat dans tous les coins de la maison : une aubaine à l'époque. Plus tard, Huguette reçut de lui une jolie lettre, dans laquelle il lui disait que, s'il n'avait pas été si noir et elle si blanche, il l'aurait demandée en mariage.

Par un soir très doux, des soldats se présentèrent. Ils cherchaient le bordel du village, et un paysan, qui ne nous aimait pas, avait désigné notre maison.

Le lendemain, Huguette se rendit chez lui, plus virulente que jamais. Effrayé par la vaillance de cette belle jeune fille, l'homme ne disait pas un mot. Ma sœur exigeait des excuses. Peureux, il s'exécuta sous le regard moqueur de quelques voisins. Depuis la fenêtre, nous assistions, ravis, au spectacle.

Christian apprit par la TSF que Louis Jouvet était rentré à Paris et, comme il avait décidé de devenir acteur, il partit sur son vélo, les poches pleines de rustines, pour la capitale. Quinze jours plus tard, quand maman lui ouvrit la porte de la rue de Bassano, elle ne reconnut pas tout de suite dans ce clochard barbu son fils bien-aimé, et, sans songer aux risques qu'il avait courus, ne lui fit aucune remontrance, tellement elle était heureuse de le voir.

Elle ne fut jamais une mère inquiète. Un jour à Juan-les-Pins, elle avertit les sauveteurs qu'un petit enfant en maillot rouge nageait loin du bord. Quand ils ramenèrent l'enfant épuisé, elle s'aperçut que c'était Christian et faillit s'évanouir. Elle n'avait pas l'imagination néfaste, et cette sérénité a dû nous protéger. Quand mes frères faisaient de la varappe au cinquième étage de notre immeuble nommé « Le Forum », à Nice, sur la promenade des Anglais, s'agrippant aux corniches de balcon en balcon, elle leur disait, paisible, en déballant ses provisions, de ne pas exagérer.

Durant la guerre, elle et papa surent nous cacher leurs angoisses, que nous n'avons découvertes que bien plus tard, en lisant leur correspondance de ces années-là. Il y était beaucoup question de passage de la ligne de démarcation, de nourriture introuvable et de charbon...

11

Le métier de papa était mystérieux. À vingt ans, il avait épousé ma mère, qui en avait dix-huit. Il était issu d'une famille ouvrière à l'esprit anarchiste. Elle appartenait à la petite bourgeoisie de province. Sans emploi, ni diplôme, papa avait pour lui une énergie peu commune et une inébranlable confiance en la vie... et surtout en lui.

Après-guerre, ce qu'on nommait alors la « réclame » existait peu.

Il eut l'idée d'aller baratiner les détaillants de son quartier, leur expliquant qu'il se proposait d'imprimer sur de beaux feuillets « où trouver quoi aux meilleurs prix ». Pour figurer sur ces listes, que mon père distribuerait ensuite gratuitement aux ménagères, les commerçants devaient payer. Ça marcha. Rapidement il décida d'imprimer non plus une simple feuille, mais un petit livre qui couvrit d'abord un arrondissement, puis tout Marseille. Plus tard, ayant remarqué que le commerce de luxe était plus lucratif, il imagina un annuaire à distribuer dans les grands hôtels.

Son affaire s'est étendue aux Bouches-du-Rhône, puis à la France. Papa recevait les règlements par mandat, poste restante. Nous adorions, le jeudi, l'accompagner chercher le courrier. Si les mandats pleuvaient, c'était la fiesta en perspective ; si les clients boudaient, on se serrait la ceinture. Ça n'avait rien de triste. Maman disait avec tendresse, en piquant sur sa machine à coudre Singer à pédales, les yeux mi-clos à cause de la fumée de son éternelle cigarette, que « ça nous ferait les pieds », et papa ajoutait que oui, ainsi nous comprendrions mieux les difficultés de la vie, ce qui, venant de lui, sonnait comme du chinois.

Enfant dans une famille nombreuse, on vit en autarcie, avec ses parents pour seuls repères. Je pensais donc que tout le monde vivait porte ouverte. La maison était toujours remplie de nos copains, qui l'appelaient la « maison du bon Dieu ». Quand ces derniers débarquaient dans notre chalet à la montagne, papa énonçait un seul principe : « Qui ne travaille pas ne mange pas. » (C'était son époque communiste.) Nous étions tenus, nos amis et nous, de bosser pour lui trois heures par jour. Inutile d'achever nos tâches avant le temps réglementaire. Trois heures, c'étaient trois heures. Si l'un de nous déclarait avoir fini plus tôt que prévu, pour aller skier, mon père levait son doigt et disait sentencieusement, avec son merveilleux accent marseillais : « Dans ce travail, on ne prend jamais d'avance ! » Nous retournions penauds à nos boulots incompréhensibles.

L'un de nous lui criait parfois :

— Qu'est-ce que je fais de ce bon à tirer que le client refuse de signer ?

— Il était de combien ?

— Deux cents francs. Il a déjà refusé celui de trois cents.

— Envoie-lui-en un de cent alors !

— Il refusera.

— Non. Ils finissent toujours par croire qu'ils font une bonne affaire !

Anouk Aimée, la belle diva amenée chez nous par Christian, faisait désormais partie de la famille et riait de tout ce que disait papa.

Durant la guerre, le Bottin mondain n'était pas d'une évidente nécessité, mais, durant cette période troublée, papa ne manqua pas non plus d'imagination : l'élevage de visons qu'il portait chez différents paysans (ils ont crevé les uns après les autres), la fabrication de savons noirs... Que sais-je encore... ? Rien ne le décourageait jamais. Et maman non plus, qui avait en son mari une confiance inébranlable. Elle disait toujours :

— Cette fois, nous sommes tirés d'affaire, votre père a eu une grande idée.

Ce qui était souvent vrai, mais la concrétiser était une autre histoire. Mon père était un rêveur, un joyeux utopiste, hélas trop confiant dans l'humanité pour être homme d'affaires.

Je me souviens d'un dîner chez mes parents avec Lou Bonin, un ami rare et aussi fou que papa. Maman nous demanda de descendre la poubelle. À cette époque, on mettait encore un journal dans le fond des seaux. En partant, papa nous dit :

— Vivement le moment où nous mettrons les détritus dans de jolis paquets-cadeaux bleu et rose que nous jetterons sans avoir à remonter la poubelle.

Maman et moi avons ri, en le traitant de rêveur.

Lou le soutenait.

Aujourd'hui, quand je vais jeter les sacs-poubelles (bleus) ou que je vois flotter au vent les sacs en plastique (verts, très gais) accrochés à un piquet dans la rue, je pense à lui.

Ce sont les rêveurs qui anticipent.

Ce sont eux qui sont dans le vrai.

Il y a quelques années, j'avais rendez-vous

avec Jean-Pierre Ramsay, éditeur et producteur. Quand il m'a vue, il m'a accueillie en s'exclamant :

— Je suis ravi de vous rencontrer ! Une Marquand que je ne connaissais pas encore !

— Oui, vous connaissez mes frères.

— Et aussi votre père ! Il est venu me voir un jour avec une merveilleuse idée : illuminer les vitrines des maisons de luxe au moment des fêtes de Noël : « La fête sur les nuits de décembre à Paris », m'avait-il dit. Nous avons démarché ensemble. En vain ! Et vous voyez, des années plus tard, elles le sont ! Sans nous !

Une autre fois, le directeur du théâtre Gramont m'a fait rire en me racontant une visite de papa :

— C'est de l'argent jeté par les fenêtres pour vous, cette soirée de relâche une fois par semaine, lui avait dit celui-ci. J'ai pensé à la rentabiliser en faisant tourner une pièce dans les différents théâtres de Paris chaque fois qu'ils font relâche.

— C'est une bonne idée, sauf que le soir de relâche à Paris est le même pour tous.

— Ah... Eh bien, dans ce cas, il ne vous reste qu'une possibilité.

— Laquelle ?

— Que chaque théâtre donne sa propre pièce les soirs de relâche !

— Les acteurs ne seraient pas d'accord.

— Ah bon ? Ils font pourtant un métier bien plaisant.

Cette fois, l'idée n'était pas bonne, mais le directeur du Gramont n'en garda pas moins un joyeux souvenir de papa.

12

Mon père magnifiait le quotidien, nous en étions conscients. Quand il nous racontait, à Lilou et à moi, que, après la guerre, les pâtisseries regorgeraient de gâteaux, de bonbons, de chocolats, de caramels, nous faisions semblant de le croire, mais la certitude qu'il était vraiment prêt à nous raconter n'importe quoi pour nous faire plaisir nous faisait douter !

Avant notre départ pour la zone libre, nous avions un abonnement à la Comédie-Française ; et, le samedi soir, nous partions au théâtre, une couverture sous le bras pour nous en envelopper dans la loge. Je me demande s'il faisait vraiment froid dans les théâtres. Après tout, il y avait des Allemands dans la salle qui tenaient au confort et se fichaient de la pénurie, mais papa était un grand frileux (donc nous aussi) ! En tout cas, j'ai longtemps cru que c'était normal et que, même en temps de paix, les gens emportaient leur couverture au théâtre, comme on se rend aux corridas avec son coussin.

Un soir glacial de l'hiver 42 papa traversait la place d'Iéna le souffle coupé, en serrant autour de son corps maigre son manteau bien coupé mais usé jusqu'à la trame. Il remontait la large avenue déserte de son pas vif quand, passant devant l'hôtel d'Iéna réquisitionné par les Allemands, des éclats de rire lui parvinrent. Des rires de femmes légers, insouciants, des rires d'autrefois. Et il vit des officiers allemands aux bras de femmes emmitouflées dans des visons et coiffées de chapeaux à voilette.

— Ah non ! Pas chez Maxim's, s'exclama une voix rieuse. Ce soir, on s'encanaille ! On va à Pigalle !

— Sans moi, répondit une voix de femme basse, sûre de son fait. Allons chez Prunier. C'est bon et c'est à deux pas.

Le groupe doubla papa, et une bouffée de parfum coûteux l'envahit, l'effluve oublié de L'Heure Bleue : l'image brève de sa femme courant vers lui sur un quai de gare et lui mettant un de ses bébés dans les bras le traversa, soudaine et douce. Le claquement de la portière par le chauffeur effaça le visage heureux de maman.

Papa poursuivit sa route jusqu'à la rue de Bassano. Le fleuriste baissait son rideau de fer. Juste avant d'atteindre la crémerie Vogel qui faisait le coin avec la rue Pauquet (aujourd'hui rue Jean-Giraudoux), il entra au numéro 15. En passant devant la loge de la concierge, il cria son nom et grimpa d'un pas leste de jeune homme les escaliers. Des rires l'accueillirent. Les nôtres : nous étions en train d'envelopper de journaux les pieds transis de maman. Elle leva son regard radieux vers son mari.

— La soupe est claire, mais au moins elle va te réchauffer.

Il contempla cette femme qui, les yeux tirés vers les tempes sous l'arc parfait des sourcils, partageait si gaiement sa vie depuis tant d'années... Comme elle était belle. Elle annonça :

— On a condamné le salon. Il y fait trop froid.

— Même que les peintures des murs gondolent !

Dans la minuscule et sombre cuisine qui donnait sur une cour étroite, maman souleva le couvercle de la marmite où l'eau bouillait, s'apprêtant à y jeter des rutabagas, quand mon père arrêta son geste.

— Mettez vos manteaux, on dîne au restaurant !

Bien que la chose fût inhabituelle, aucun de nous ne posa de question. Plus les propositions de papa étaient incongrues, plus elles nous semblaient légitimes. En cinq minutes, nous étions prêts.

Dans la rue, nous suivions en gambadant nos parents qui marchaient bras dessus bras dessous. Ma mère non plus ne s'étonnait pas. Son mari ne cessait de la surprendre par son énergie, sa liberté, son culot. Elle avait simplement pris garde de ne pas emporter les tickets d'alimentation qu'il restait pour finir le mois. Elle protégeait la progéniture... Au risque de paraître mesquine, puisque tel est le lot des femmes... Il serait toujours temps de freiner la folie de son époux.

Quand nous entrâmes au Berkeley, un restaurant élégant de l'avenue Matignon, notre famille nombreuse fit pour un court instant l'objet d'une curiosité voilée, polie. Avec nos canadiennes trop grandes ou trop petites, nos bonnets tricotés par la main maternelle, nous faisions tache. Les femmes portaient des colliers de perles ou des broches serties de pierres précieuses sur d'impeccables tailleurs cintrés.

Nous fûmes surpris par la soudaine chaleur oubliée.

Huguette toisait avec la haine de ses dix-sept ans les officiers allemands.

La dame du vestiaire aidait une élégante à retirer son vison sable, dont elle admirait la couleur.

— C'est une couleur que je ne vous conseille pas, lança l'élégante, inconsciente ou au contraire d'une politesse extrême, feignant d'être à égalité avec la pauvre femme. C'est un déjeuner de soleil.

Le maître d'hôtel s'apprêtait à guider notre

famille vers une table du fond, dans l'ombre, à l'abri des regards, mais papa en désigna une autre, celle, plus agréable, qui donnait sur les jardins du Rond-Point.

— Nous prendrons celle-ci.

Imperturbable, le maître d'hôtel obtempéra. Il recula la chaise pour maman et apporta la carte.

Nous regardions les femmes à la nonchalance raffinée, les hommes fringants, la table roulante croulant sous les desserts avec l'impression d'être dans un autre monde. On pouvait donc avoir chaud et manger, même cet hiver-là !

Christian, qui paraissait dix-huit ans, lorgnait une jolie blonde à la table voisine, qui riait en secouant pour lui ses cheveux bouclés.

— Vous prenez tout ce qui vous fait envie, nous dit notre père.

Serge leva vers lui un regard soucieux. Papa lui sourit.

— Tu n'as pas faim, mon chéri ? Toi !

— Si, mais...

— Que dirais-tu d'un coq au vin ?

— Moi, je veux que des desserts, décréta Lilou.

— Moi aussi. Mais alors, plein.

Nous passâmes une commande copieuse et embrouillée.

Serge, Lilou et moi observions les parents pour décider de la fourchette à utiliser.

Durant le dîner, pour une fois, nous fûmes

silencieux. Nous ne nous souvenions pas d'avoir jamais fait un tel festin.

— C'est bien, ici. On reviendra souvent, tu veux, papa ?

Papa sourit à Lilou. Elle le regardait, les joues rosies par la chaleur, et aussi, malgré l'attention de maman, des moustaches de chocolat et de crème fraîche au-dessus de sa lèvre supérieure, et par-dessus tout si mignonne, confiante, s'imaginant déjà dîner là tous les soirs... Ces coups-là, on ne les fait pas deux fois, songeait-il. Il dit :

— On verra, mon chéri, on verra.

L'excellent bordeaux donnait aux parents l'envie de rire d'un rien, en quoi ils furent aussitôt imités par nous.

Soudain Christian se leva et traversa la salle de son pas long et souple. Aussitôt, la blonde quitta ses amis pour le rejoindre dans la cabine téléphonique. Sans un mot, il lui tendit un papier où il avait écrit : « Demain, à deux heures devant le palais de Tokyo. » Elle le lut, hocha la tête en signe d'assentiment, et partit, flâneuse, distraite, vers les toilettes.

Aux anges, Christian regagna la table.

Mon frère Serge n'avait rien perdu de son manège. Il scrutait son aîné.

— Ça gaze, lui murmura celui-ci.

Quand le maître d'hôtel déposa l'addition dans une pudique reliure de cuir, papa paya.

Il paya comme si le marché noir n'existait pas.

Il paya comme s'il avait à sa disposition un nombre incalculable de tickets de ravitaillement. Le montant de son règlement n'avait évidemment aucun rapport avec la réalité. Le maître d'hôtel le lui fit discrètement remarquer.

Hautain, papa demanda à voir le directeur.

Nous étions au spectacle. Nous avions compris l'enjeu. Une chose était sûre, papa se sortait toujours avec superbe des situations insensées qu'il avait créées.

Maman, amollie par un tranquille bien-être, pour une fois rassasiée, ne s'inquiétait pas non plus. Elle s'abandonnait avec confiance à la douceur de ce moment exquis. Il était son mari. Il savait.

Quand le directeur arriva au seuil de la salle, il repéra aussitôt la famille nombreuse. Il faut dire qu'il n'y avait pas grand mérite à cela. En professionnel, il sentit durant le trajet qui le séparait de nous qu'il allait vers un homme en colère. Un homme dégoûté de l'injustice, du marché noir, de voir ses enfants anémiés, de cet hiver infernal qui n'en finirait jamais. Et surtout, un homme capable de briser cette ambiance légère, et si délicieusement irresponsable, que le directeur devait à tout prix préserver.

Quand il arriva à notre table, il tendit à papa une main amicale, le remerciant de sa visite. Je pensai : ainsi il le connaît...

Il fit signe à la dame du vestiaire, qui s'empressa, puisque c'était le patron, et ce malgré un certain dégoût pour les pauvres nippes qu'elle rapportait, si semblables aux siennes.

Le directeur nous raccompagna jusqu'à la porte. C'était un homme qui connaissait son affaire.

Il baisa la main de maman, la trouvant délicieuse malgré le manteau pauvret et les méchantes chaussures.

La blonde regarda passer avec un vague regret le groupe rieur par la vitre embuée. Elle échangea avec Christian une brève œillade complice. Ils pensaient sans doute tous les deux au rendez-vous du lendemain. Elle n'écoutait plus l'homme qui cherchait à briller en face d'elle. Elle était déjà devant le palais de Tokyo : « Je mettrai mon costume sport, pied-de-poule, mon manteau en ocelot, et mes mocassins havane », décidait-elle dans son for intérieur, sans prêter attention au bavardage de son cavalier.

13

Sous un beau soleil d'hiver, loin de la guerre et des restrictions, notre pique-nique dominical fut une réussite. Mes nouvelles amies étaient pleines de verve et de drôlerie, racontant comment elles s'inventaient des migraines de bourgeoises, histoire de ne pas passer à la casserole... Ou bien comment elles simulaient la jouissance pour que ça s'arrête quand elles étaient crevées après une journée de travail, le dîner, les gosses, et parfois le repassage. Malgré tout ce que j'entendais, dans mon intime royaume nommé « Nulle Part », l'amour gardait une place dorée, pleine d'incertitudes et d'heureuses surprises. Peut-être la vie était-elle plus heureuse pour ces jeunes femmes qu'elles ne le laissaient supposer, et peut-être étais-je dupe de leur ironie, de leurs railleries. La pudeur n'est pas la même pour les bourgeoises et les ouvrières.

Tout de même, à des allusions qu'elles lançaient, je compris que certains maris rentraient tard le soir, souvent ivres, et que parfois leur femme avait droit à une « bonne trempe » !

Fatalistes, elles conclurent :

— Ils sont comme ça, on n'y peut rien...

Lointain, un grondement de tonnerre nous surprit.

— Allez, les greluches, on range, ça menace.

Suzon haussa les épaules, geste qui lui était habituel.

— Mais non, ça va passer loin de nous...

Elle me regarda.

— Viens m'aider à ramasser des feuillages. Ça améliorera mon p'tit chez-moi.

Nous allâmes un peu plus loin casser les belles branches d'un noisetier.

Je lui racontai ma première semaine au montage négatif. Comme toujours, j'étais dépassée. Nulle. Elle fut surprise par mon discours, mais consentit à m'expliquer que, pour toutes ces femmes vaillantes, travailleuses, le plus important était de trouver un boulot, et ensuite de le garder... Les petites jeunes qui débarquaient constituaient un vrai danger. Donc pas question de les mettre au parfum. Certes, elles m'aimaient bien, mais ne pouvaient risquer de perdre leur pain quotidien pour mes beaux yeux. Je tombai du ciel. Je n'avais jamais envisagé de rester plus de six mois au LTC, ensuite de quoi j'avais la ferme intention de chercher des stages de monteuse sur de vrais films, et l'idée que je sois une menace pour leur emploi ne m'avait pas traversé l'esprit. Nos différences m'apparurent infranchissables. Je regardai, songeuse, la jeune femme. Son père, ivre, avait abusé de la petite fille qu'elle avait été. Les mains de son père sur son corps d'enfant... Comment vivre avec de telles images, avec ce dégoût qu'elle avait éprouvé et qui avait dû grandir avec elle ?

D'un coup, la pluie s'abattit sur nous. Nous courûmes, Suzon et moi, les branchages au-dessus de nos têtes, rejoindre les autres. Ce fut le moment que choisit ma camarade pour me demander, essoufflée, si je voulais bien l'accompagner le samedi suivant chez une bonne femme. Une « guette-au-trou ». Elle était enceinte et ne pouvait garder l'enfant. Le père était un homme « très marié ».

Flattée de sa confiance, j'acceptai.

Les filles étaient en grappe sous un arbre feuillu, leurs joues rougies par le froid brillaient, et sur leur chevelure mille gouttelettes de pluie étincelaient. Claudine entonna des chansons de corps de garde. Les filles se joignirent à elle. Toutes ces beautés reprenaient sous les feuillages trempés : « Comment faire l'amour chaque jour de la semaine », ou bien : « Les filles de Camaret... » Soudain, Gisou éclata de rire en désignant d'un doigt Lolita, qui, effet de la pluie, avait son rimmel qui coulait en larmes obscures sur son visage. Je ne sais pourquoi ce moment-là est toujours si présent en moi. Je n'oublierai jamais les visages de ces femmes qui, malgré leur vie dure, étaient capables d'une telle explosion d'allégresse, simplement parce qu'une pluie interrompait leur pique-nique dominical. Elles resplendissaient d'une lumière intérieure, précieuse, rare.

Grâce à Suzon, ce jour-là, j'avais aussi compris que mes camarades ne se moquaient pas de moi. Elles vivaient au rythme de projets précis, et il n'était pas question d'y déroger. C'était donc aussi ça, la vie ? Le soir même, j'en parlai à Christian. Il ne fut pas surpris. Étant déjà entré dans le monde du travail, même si c'était par le biais singulier du métier d'acteur, il avait pigé le truc. Il m'expliqua qu'il ne fallait pas se laisser influencer par les autres, ni par leur mode de vie programmé. Il fallait juste les respecter et se souvenir qu'ils n'avaient pas eu le choix.

— Et puis toi, moi, d'autres gens vivent différemment, c'est tout ! Être différent, ce n'est pas si difficile, conclut-il ce soir-là.

14

Le samedi suivant, nous étions, Suzon et moi, en route pour la « faiseuse d'anges de banlieue », comme raillait mon amie, pour se donner du moral.

J'avais plus peur qu'elle, ou du moins elle cachait bien la sienne. Elle n'arrêtait pas de plaisanter, de m'épouvanter en me faisant apprendre des noms d'hôpitaux en cas de pépin, envisageant une hémorragie :

— Tu vois le truc, en plein métro, nase, je tombe dans les pommes ! Pleine de sang partout ! La honte, quoi...

L'immeuble était vétuste, les escaliers, lépreux. La femme nous fit entrer dans un corridor qui sentait le pipi de chat. Elle se frottait les mains sur son tablier. « Les restes de sa cliente précédente », me souffla Suzon à l'oreille. Je n'étais jamais allée chez un gynécologue et quand, dans la grande cuisine, je vis mon amie allongée sur la table recouverte de toile cirée, les cuisses écartées, les pieds dans des d'étriers « faits maison », c'est-à-dire dans des nœuds coulants au bout de cordes clouées au plafond, je crus que j'allais m'évanouir. Suzon, gentille, me conseilla :

— Reste pas là, petite, attends-moi dans le couloir.

J'eus honte de moi, je restai auprès d'elle, ma main dans la sienne, et assistai pour la première fois de ma vie à un avortement sauvage. La femme lui glissa dans le vagin des herbes et une sonde, tout ça en lui parlant de son mari, qui avait la main de plus en plus lourde.

Quand on redescendit les escaliers, Suzon les jambes tremblantes, plaisantait sur mon « premier avortement ».

Je l'aidai à s'asseoir contre une palissade. Autour de nous, je ne voyais que terrains vagues hostiles, cabanons, HLM insalubres. Le visage de mon amie avait perdu toute couleur, et j'avais la peur au ventre.

Elle murmura, le menton dans ses mains, l'air ailleurs :

— Quand je pense que j'ai même pas de goût pour la cabriole... J'aurais mieux fait d'me taper une branlette peinarde ce jour-là, mais pour une fois qu'il avait la gaule, l'autre connard, t'avoueras qu'c'est pas de bol !

Malgré son insistance à reprendre le métro, je décidai de courir à la station de taxis la plus proche.

— Réflexe de riche ! se moqua Suzon de plus en plus blême. Où crois-tu en trouver un ?

En effet je courus dans tous les sens et commençais à désespérer, quand j'en vis enfin un qui passait à vive allure, car, dans ce coin pourri, pas question de marauder. Je me mis en travers de sa route, déterminée à ne pas le laisser s'échapper.

Je retrouvai Suzon accroupie par terre, encore plus pâle, me sembla-t-il. Le chauffeur, hostile à ces deux filles paumées, n'était pas arrangeant. Je m'en fichai et calmai Suzon, inquiète. Nous traversâmes d'innombrables banlieues plus sinistres et désertes les unes que les autres. Nous arrivâmes enfin devant un immeuble gris sale devant lequel des petites filles sautaient à la corde – en l'occurrence une pauvre ficelle. Les murs du hall étaient couverts de graffitis. Suzon habitait au deuxième. Là aussi régnait une odeur de pipi de chat mêlée à celle du moisi.

Je passai cette nuit-là auprès de ma copine. J'avais dit à maman une partie de la vérité : c'est-à-dire que je dormais chez une amie du labo. Maman avait été ravie d'apprendre que je m'étais fait des camarades dans mon nouveau travail. Distraite et d'un naturel peu tourmenté, elle n'avait aucune idée des femmes que je côtoyais. Le nom de « laboratoire » et le fait que je travaille avec des gants blancs avaient suffi à la rassurer : j'étais sur la bonne voie.

Suzon, enfoncée sous ses couvertures de nylon, était épuisée. Elle m'adressa un sourire plein de tristesse.

— L'autre, j'ai pas pu le faire passer.

— Qui ?

— Ma fille. Je l'ai abandonnée à la naissance. Qu'est-ce que j'pouvais faire d'autre ? Tu me vois avec un enfant, ici ?

— ... Non... Elle est où ?

— Dans une famille d'accueil. Ça m'arrive, les dimanches de cafard, d'aller faire un tour dans le coin. J'la vois de loin. Pas la peine d'aller l'embêter avec mes histoires minables. Elle a six ans... Une jolie p'tite blonde toute bouclée... C'est souvent bête, la vie...

Ne sachant que dire, je me contentai de caresser les cheveux de Suzon. Elle s'endormit. Assise auprès d'elle sur un fauteuil à moitié bancal, je compris que jamais je n'arriverais à trouver le sommeil, et entrepris de faire un peu de ménage. Dans la cuisine, sur la table étroite, trônaient les branches du noisetier dans un seau de fer. Je lavai la vaisselle restée dans un coin, l'essuyai et la rangeai dans un minuscule placard, sur lequel Suzon avait accroché le calendrier des postes.

Deux fox-terriers, assis sur leur derrière, regardaient l'objectif. Au crayon rouge, les jours précédents étaient barrés. J'imaginais Suzon barrant, chaque soir, la journée écoulée. Deux petites photos étaient punaisées au-dessus de la cuisinière. Sur l'une, je reconnus mon amie, quelques années auparavant, tenant une copine par la taille. Toutes deux souriaient, et, derrière elles, on pouvait voir une plage du Nord battue par les vents qui s'engouffraient dans leurs cheveux. Sur l'autre, prise de loin, on pouvait voir au pied d'une HLM une petite fille d'environ trois ans, aux boucles blondes. Elle faisait bonjour de la main.

Je nettoyai avec soin la toile cirée.

Comme j'étais toujours très réveillée, j'entrepris de laver les carreaux. Ce n'était pas du grand art, mais ça valait le coup. Le reste de sa cuisine était aussi bien entretenu que possible, mais que faire contre un lino déchiré ? Une chaise bancale ? Que faire quand on est une femme seule à se battre contre la misère ?

Le lendemain à l'aube, nous étions de nouveau en taxi pour nous rendre à l'hôpital. Je crevais de peur qu'elle y passe avant même l'intervention des médecins. Surtout que, d'une voix mourante, elle m'informa que, dans ces cas-là, ils refusaient les soins, ne croyant pas (à juste titre) à la fausse couche et ne voulant pas avoir d'ennuis. Nous eûmes de la chance. Aux urgences, je m'étais préparée à imiter la bravoure de mon père dans les grandes occasions, mais ce ne fut pas la peine. Un jeune interne sympathique et pourtant clairvoyant prit Suzon en main.

Le lundi matin, elle pointa en me clignant de l'œil et murmura :

— Sacré week-end, hein, la môme ! J'ai jamais pris tant de taxis de ma vie !

Dans le vestiaire, elle participa aux plaisanteries habituelles, comme si de rien n'était.

Forte des confidences de Suzon sur la crainte de perdre leur travail, qui conditionnait toutes ces femmes, j'expliquai à Fanny que j'étais là de passage, que je n'avais aucunement l'intention de rester laborantine. Elle me crut et m'expliqua enfin son travail, sans ralentir pour autant, tant son habileté était grande. Pour moi, tout s'éclaira enfin. Mme Maguin, la chef du service, petite, mince, très droite dans ses tailleurs marine, venait parfois surveiller que je ne perturbais pas la cadence de ma compagne. Elle passait au milieu des deux files de synchroniseuses, l'œil sur ses monteuses.

Un jour où elles étaient toutes occupées, on me confia un travail assez simple pour un client pressé. J'avais appris que « le client est toujours roi », qu'il fût producteur, metteur en scène ou monteur. Je fus lente mais efficace. Le client avait dû percevoir mon émotion et il glissa un billet dans la poche de ma blouse en partant. Ce qui mit le soir toute ma famille en joie, sauf papa, furieux qu'on ait osé filer un pourboire à l'un de ses enfants.

15

Papa ne croyait pas aux vertus du travail pour ses quatre filles. Il nous racontait de belles histoires d'hommes merveilleux nous enlevant sur un cheval blanc, jusqu'à un yacht amarré dans les eaux bleues de la Méditerranée, unique mer qui valait le coup selon lui, ses origines marseillaises étant toujours vivaces.

Après avoir été un catholique acharné, il avait découvert Marx, et avec lui une utopie qui semblait plus palpable que la rédemption. « Les lendemains qui chantent », ça n'était pas si éloigné que ça du paradis... Et c'est ainsi que papa devint, au lendemain de la guerre, secrétaire de la cellule du PC du seizième arrondissement.

Il se mit à parler beaucoup de Marx à la maison Tout ça me passait au-dessus de la tête.

Serge n'y voyait pas plus clair, persuadé que papa était colleur d'affiches, car, les nuits des campagnes électorales, celui-ci partait rejoindre ses camarades, seau de colle et pinceau à bout de bras. À quatorze ans, loin de penser (il devait écouter encore moins que moi) que papa était au parti, il s'était inscrit, en cachette de la famille, aux jeunesses communistes.

Je l'accompagnais dans ses balades insouciantes, durant lesquelles nous devions fixer de petits autocollants du parti sur les poteaux, les murs, les arbres, sans nous faire pincer. Nous adorions jouer ainsi aux clandestins, prêts à braver les forces de l'ordre.

Il arrivait que papa m'emmène à la maison de la Pensée française. Un jour, sachant que j'étais plongée dans *Aurélien*, il me désigna un homme et me dit : « C'est Louis Aragon. » Je ne le crus pas, et j'eus tort.

Car, s'il bluffait parfois, c'était pour enjoliver la vie, jamais pour se mettre en valeur, ce dont il se moquait éperdument. Le plus souvent, il disait la vérité, et nous avons pu le vérifier des années plus tard. Ainsi, durant les accords de Grenelle, il partait chaque matin pour assister aux débats en nous assenant : « C'est l'histoire de mon pays, ça me regarde. » Nous ne le prenions qu'à moitié au sérieux jusqu'au jour où, des années après sa mort, ma sœur Huguette me téléphona :

— Tu reçois le programme des radios ?

— Oui.

— Va chercher celui de cette semaine.

— Je l'ai.

— Regarde page 14. La photo du bas.

C'était une photo prise durant les accords de Grenelle. Papa est là, debout, l'air concentré, entouré des politiciens de l'époque. J'ai découpé le bout de journal et je l'ai conservé.

On ne comprend pas ses parents.

Pour ma part, je m'étais forgé une image nettement plus prosaïque de mon père, que j'interrogeai un jour naïvement sur ses talents de dactylographe, persuadé qu'un secrétaire de cellule était un virtuose de la machine à écrire.

Il m'observa, perplexe, regarda maman qui reprisait des chaussettes.

— Mais elle est où, celle-là, quand on parle ?

— Va savoir... répondit maman, en coupant avec ses dents le fil à repriser.

— Tout de même, elle est bien quelque part.

J'étais nulle part. J'y ai passé des années, et ça me convenait très bien. J'y retourne parfois, sans le décider...

Quant à lui, il avait beau être un père amoureux de ses filles, jaloux de leur liberté, il n'en avait pas moins décidé que nous serions des « gardiennes de nos foyers » ! Ni mes sœurs ni moi ne nous imaginions dans un tel rôle. Narquoises ou agacées, selon le moment, nous le traitions de pétainiste, ce qui avait le don de le rendre fou furieux.

Papa rêvait depuis toujours d'un poste de ministre pour Huguette ; il l'en pensait capable, nous étions loin des « femmes au foyer », mais il n'en était pas à une contradiction près.

En revanche, mon désir de devenir monteuse lui paraissait médiocre.

Bien après que j'eus réussi dans cette voie, il restait toujours sceptique quant à l'intérêt de ce métier. Pourtant je suis parvenue, totalement à mon insu, à le bluffer deux fois dans ma vie.

Durant un voyage d'affaires, il avait vu mon nom au générique, comme assistante monteuse de *Si Paris m'était conté*, le dernier film de Sacha Guitry, pour lequel il avait une profonde admiration. Il me raconta son émotion en voyant mes talents (!) au service de celui qu'il considérait comme un dieu vivant et me reprocha mes cachotteries :

— Sacha Guitry ! Mais enfin, ma chérie, pourquoi ne m'en as-tu jamais parlé ?

— Parce qu'à mes débuts tu m'as dit : « Ne me parle jamais de tes projets incertains de cinéma. Ton frère m'a trop fait le coup. » Je t'ai obéi. Je ne savais pas que Guitry était ton idole. Il est brillantissime et m'a bien fait rire avec sa méchanceté, mais tes amis Prévert et Genet sont devenus les miens parce que, eux, ils m'apportent beaucoup.

— Bien sûr, ils sont merveilleux, mais enfin, Guitry, ma chérie !

Des années plus tard, quand je fus devenue metteur en scène, mon père était enfin heureux pour moi, mais pas impressionné. En revanche, il fut épaté – après que j'eus réalisé six ou sept films –, par un portrait de Mikis Théodorakis commandé par Danièle Delorme, et pour lequel Jean Genet m'avait aidée à préparer l'interview. Après la projection, mon père prit Danièle dans ses bras en lui demandant si elle se rendait compte de mon génie ! Pleine d'indulgence pour ce père exalté, elle affirma en souriant que, oui, il avait certainement raison. Je restai planquée dans un coin, honteuse de mon père, mais plus encore d'avoir honte de lui au moment même où sa tendresse aurait dû m'émouvoir.

À l'inverse, ma mère a toujours cru en moi, et je lui en ai eu de la reconnaissance. Elle disait d'ailleurs à sa sœur Jeanne, en me désignant : « J'ai toujours pensé que Nadine travaillerait, elle déteste tellement tout ce qui touche à la maison ! »

16

Chaque matin, toujours en avance à LTC, je prenais un café au tabac d'en face, souvent avec Étienne qui terminait son stage, Toto, un projectionniste, et Claudine. Dans le bistrot, j'avais remarqué un jeune homme au regard profond et doux, qui de son côté me regardait avec insistance. Je feignais de ne rien voir, mais, dès que j'arrivais, je vérifiais en douce qu'il était bien là. Un matin où j'étais seule à ma table, il s'approcha de moi et m'invita à boire un café. Jamais je n'avais encore parlé à un homme qui, comme aurait dit papa, ne m'avait pas été présenté. Toutefois je n'hésitai pas et acceptai.

Il me fit tout de suite sentir que je lui plaisais. De mon côté, j'étais troublée.

Pendant qu'il me couvait du regard, il m'expliqua qu'il était stagiaire metteur en scène. Le bistrot, peu à peu, se remplissait. Isolés, les yeux perdus dans ceux de l'autre, nous n'entendions rien des discussions alentour, et j'en aurais oublié de pointer sans un rappel à l'ordre moqueur de Claudine.

Il me demanda s'il pouvait venir me chercher à la sortie. J'acceptai une fois encore.

J'étais passée au service tirage. Assise sur un haut tabouret, j'étais chargée de surveiller le bon déroulement des bobines. Je pensais au beau regard d'Alain K. (il s'était présenté), en balançant, nerveuse, ma jambe d'avant en arrière. Je finis par heurter du pied la bobine du bas, qui se cassa aussitôt avec un bruit sec. C'était la pire des catastrophes puisqu'il s'agissait d'une bobine de négatif.

Comme dans un cauchemar, je me dirigeai vers la salle du montage négatif, traversai les pièces hantées de fantômes blancs, avec l'espoir de me casser la jambe en chemin.

Quand je pénétrai dans le bureau de Mme Maguin pour lui avouer ma bourde, j'étais si pâle que les filles du montage négatif crurent que j'avais perdu ma mère. Même la terrible Mme Maguin se montra indulgente. Il s'agissait, dit-elle, d'un documentaire sur les paysages du nord de la France, et une ou deux images de moins ne changeraient rien à l'ennui de la chose.

Ce bureau de Mme Maguin... Quelques années plus tard, Alexandre Trauner, l'immense décorateur qui ne devait pas dépasser un mètre cinquante, m'y sauva la vie.

J'étais pour la première fois assistante monteuse. J'avais été engagée sur *Du rififi chez les hommes* de Jules Dassin, dont Trauner était le décorateur. Tournage et montage se faisaient aux studios Photosonor au bord de la Seine, lesquels menaçaient ruine. Notre metteur en scène américain traversa les plateaux la première fois en s'exclamant : « Et c'est ici que se sont faits tant de chefs-d'œuvre. » Cette réaction me remplit de fierté. Il me regarda soudain avec intensité et me dit :

— Tu es si petite, tu ne peux pas comprendre l'émotion que je ressens.

Je comprenais, mais n'osais rien dire.

Chaque matin, je passais à la déco, où Trauner et Cap avaient inventé un jeu. La mode était aux jupons et, quand j'en avais un nouveau, ils me payaient pour que je soulève un peu ma jupe. On riait bien, surtout quand Dassin était dans le coin. Il avait un côté boy-scout scandalisé irrésistible.

Durant le tournage, Marlon Brando, grand ami de Christian, de passage à Paris, apprit que je travaillais sur un film de Dassin. Il me proposa de venir dès le lendemain déjeuner avec moi au studio. Dassin avait aidé le comédien à un moment de sa vie où, très pauvre, il n'avait pas pu payer l'hôpital. Quand j'annonçai sa venue à Jules, il me dit que Marlon ne se rendrait certainement pas sur le plateau. L'Amérique était encore en plein maccarthysme, Dassin avait été chassé de son pays en tant que communiste. Si Marlon osait l'approcher, il risquait de sérieux ennuis. Je lui dis qu'il se trompait. Marlon viendrait.

En effet, le lendemain, il était là. À la cantine, il fit un malheur, il attirait tous les regards. Mais, après le déjeuner, quand je lui proposai de saluer Dassin sur le plateau, de sa voix douce il m'expliqua que c'était impossible.

J'étais triste. Marlon ajouta :

— Écoute, Nadine, aux États-Unis, si tu te torches le cul avec du papier rouge, tu deviens suspect.

Je retournai au travail un peu abattue, mais très vite j'oubliai l'incident, captivée par l'extraordinaire séquence que Dassin tournait : celle du cambriolage d'une bijouterie. Quarante minutes entièrement muettes pour parvenir à installer une tension croissante et haletante. Dassin et le monteur apportaient un grand soin à chaque son.

En France, contrairement aux États-Unis, la prise en charge des bruitages était faite par un homme qui débarquait équipé de vieilles valises pleines à ras bord : cordes, bois grinçants, noix de coco vide (pour les sabots des chevaux), etc. Il sortait ses objets hétéroclites dans l'auditorium, qui prenait un temps l'aspect d'un campement de clochards.

Les yeux fixés sur l'écran afin d'être synchrone, il piétinait du gravier, froissait ses vêtements. Enfin, il bruitait les faits et gestes des protagonistes du film. À cette époque, on ne pouvait pas revenir en arrière avec l'image sur l'écran, et le bruiteur travaillait sur des boucles qui duraient environ cinq minutes. Nouvelle stupéfaction de Jules Dassin qui n'avait jamais vu ça ! Il allait de long en large à travers l'auditorium, la tête entre ses mains, riant et disant : « I can't believe it, I can't believe it... »

Les mixages, eux, eurent lieu au studio de Boulogne. Georges Auric avait composé une vraie symphonie pour la fameuse séquence muette du cambriolage. J'adorais lui apporter les minutages. C'était un homme charmant. Comme il était assez âgé, il me traitait en enfant et m'offrait des chocolats. Nous répétâmes d'abord avec uniquement les sons, puis avec sons et musique. Malgré sa beauté, la symphonie d'Auric affaiblissait le suspense. Bref, c'était beaucoup moins bien, il fallait la supprimer. Pour le musicien, c'était un coup dur. Il avait composé du « sur-mesure », travail difficile qui exigeait une grande modestie. Dassin n'osait pas lui annoncer la nouvelle et m'envoya au feu afin de le préparer. Je vis arriver ce gentil géant qui me tendit une boîte de chocolats. D'une voix faible et avec des mots embrouillés, je le prévins comme je pus qu'il y avait un problème. Il ne dit pas un mot quand Dassin lui expliqua tout, et lui fit projeter la séquence avec et sans musique.

Il ne se fâcha pas, mais nous le sentions très triste. Il y a des moments durs à avaler dans chaque métier.

Quelques jours plus tard, depuis la cabine, les projectionnistes demandèrent à me voir. Là, ils m'annoncèrent avec ménagement que l'image de la bobine 7 manquait. Nous étions en train de répéter la 6 ! Consternée, je me souvins que ladite bobine était à LTC pour le montage négatif. J'avais oublié, la veille, de la récupérer, et nous étions samedi, jour de fermeture du labo ! Tout était foutu !

Désemparée, hagarde, je quittai le studio, déterminée à ne pas retourner dans l'auditorium, incapable de révéler à Roger Dwyre et à Jules Dassin que nous n'avions pas l'image de la 7 à cause d'un oubli de ma part !

J'étais nulle. Un zéro sans infini.

J'errai dans les rues alentour en me disant que le cinéma était fini pour moi. Terminée, ma belle carrière de monteuse. Après tout, essayais-je de me convaincre, ce n'était pas le seul métier au monde. J'étais jeune. Je serais correspondante de guerre... J'en étais là de mes projets d'avenir quand j'entendis la voix de Trauner et son inimitable accent slave.

— Alors, petite conne, qu'est-ce que tu fiches là ?

Averti de ma fuite désespérée par les projectionnistes, il me cherchait depuis un bon moment dans les rues, au volant de sa voiture. Je montai à côté de lui en sanglotant. Il rit de moi :

— Si tu savais la chance que tu as d'avoir un si minuscule chagrin.

Il traversa calmement le pont de Saint-Cloud et s'arrêta devant la porte close de LTC. À son impérieux coup de sonnette, le gardien apparut, l'air ensommeillé. Trauner l'embrouilla en prétextant n'importe quoi avec autorité, passa tranquillement devant lui et alla tout droit, moi sur ses talons, au montage négatif. Sur le bureau de Mme Maguin trônait la bobine image numéro 7 du *Rififi chez les hommes*.

C'est fou ce qu'on peut vivre comme drame dès l'enfance : la détresse devant la belle poupée au visage brisé, le premier zéro, le jeune homme que l'on croise sur le chemin de l'école et qui vous plaît tant... Et qui pourtant vous ignore... On cauchemarde et puis, miracle de la vie, on oublie !

On a cru connaître le pire dans l'ignorance de la vraie horreur qui nous démolira un jour. Celle dont on ne se remet jamais. Celle de la rencontre avec la barbarie. L'effroi de perdre ses repères, de flotter, égaré, dans un brouillard sans fin, de ne plus savoir qui on est. Sans y penser, on regarde la porte en attendant qu'elle s'ouvre sur celle qui ne reviendra plus. On se réveille la nuit, avec son image pleine de peur, enfermée dans la salle de bains, mouette prise au piège, les mains sur les oreilles pour ne plus entendre les cris de son bourreau. Comment fuir ? Pas d'échappatoire. Elle ouvre, aussitôt attrapée, secouée d'un côté à l'autre du chambranle, sa tête cogne avec force, et le choc l'envoie dans un ailleurs où elle ne veut pas aller. Ses petits ont besoin d'elle, mais les mains qui la tiennent sont trop fortes. Les gifles violentes envoient son visage en arrière, les grosses bagues font sur sa peau des meurtrissures, son corps disloqué glisse inerte sur un canapé, puis sur le sol. Du sang coule de sa bouche.

C'est lui-même, c'est le cogneur qui a raconté ces détails au procès.

Comment peuvent-ils dormir tranquilles dans leur prison, quand ils regardent leurs mains qui ont tué celle qu'ils disaient aimer, ces meurtriers-là ?

Je marche au hasard dans la rue quand une silhouette au loin, une façon gracieuse de se retourner, fait que c'est elle. Et aussitôt l'horreur inacceptable s'impose : « Plus jamais elle. » Plus jamais ses arrivées de désordre heureux, plus jamais l'odeur de ses bras, plus jamais son long manteau noir, ses cheveux ramassés à la hâte en chignon, traversant la cour, sa grappe d'enfants accrochés à elle, image du bonheur perdu.

Plus jamais.

Cet instant interminable, la vision de ton frère devant l'hôpital, disloqué par le désespoir, et qui me plonge d'un coup dans un néant sans fin.

Ce moniteur vu tant de fois au cinéma : à chaque battement du cœur, la ligne se soulève un peu, et soudain, alors que l'on sait que c'est désormais fatal, le bruit mécanique du battement cesse, nous brise à jamais, la ligne devient plate. Plate.

La vie s'échappe de toi, inaccessible désormais.

Toi qui ne verras jamais grandir tes petits.

Plus jamais...

Et tout me ramène à toi, mon immobile, ma silencieuse. Mon aimée.

17

Ce jour de mes quinze ans, j'étais loin de ces cauchemars et j'avais en moi l'intime certitude qu'il ne pourrait jamais rien m'arriver de mal.

Le soir, je tentai de mettre de l'ordre dans mes cheveux, qui étaient longs, épais et indomptables. Alain K. m'attendait. C'était mon premier rendez-vous. Raconter à maman au téléphone que je sortais avec une amie avait été facile. En revanche, je me demandais avec angoisse de quoi j'allais parler avec ce garçon aux si beaux yeux. Il me guettait, discret, de l'autre côté de la rue.

Il faisait bon et nous marchâmes sur les berges de la Seine, si campagnardes à cette époque. Je m'étais inquiétée pour rien. Nous étions intarissables. Je ne sais plus de quoi nous discutions, sauf qu'il adorait celle qu'il nommait, plein d'admiration, la « frangine ». Elle était la plus belle du monde, la plus intelligente aussi. Pour son frère et lui, elle était une mère, une sœur, la meilleure amie aussi. Il me dit :

— On se ressemble tous les deux, avec nos frère et sœur acteurs.

Au pont de Saint-Cloud, nous prîmes un bus avec l'idée d'aller à la cinémathèque voir *Folies de femmes*, chef-d'œuvre de von Stroheim. La salle était pleine à craquer. Je me laissai engloutir par le film, émerveillée, quand je sentis la main de mon compagnon s'emparer de la mienne. Le cœur battant, je ne quittai pas l'écran des yeux, mais ne résistai pas vraiment. À peine une fausse tentative. Il caressait avec lenteur la paume puis le dos de ma main, m'embrassait le poignet, et la vie était douceur de miel. Ma seule terreur était que l'un de mes frères soit là et me surprenne ! Christian, encore, en aurait ri, mais Serge ne plaisantait pas avec ça.

Quand nous sortîmes, il pleuvait à torrents. Alain K. ôta son blouson pour moi. Il me contemplait, prétendant que son blouson m'allait mieux qu'à lui. Puis il m'enlaça et me garda contre lui devant le rideau de pluie. Anouk Aimée sortit à son tour de la cinémathèque, elle aussi avec un jeune homme. Nos regards se croisèrent, complices. Discrète, elle disparut dans un taxi. La pluie cessa, et nous repartîmes silencieux, main dans la main, dans les rues fraîches et obscures de la nuit parisienne. Le garçon me raccompagna chez mes parents. À mesure que nous approchions de la maison, je me demandais avec anxiété quelle attitude adopter au moment où il voudrait m'embrasser. Je ne résistai pas à son étreinte quand il me serra dans ses bras très fort en murmurant : « À demain. » Mais je m'étais angoissée pour rien, il ne tenta même pas de m'embrasser ! J'étais trop heureuse pour être déçue. Ce qui me plaisait aussi en lui, c'était sa retenue. J'avais la terreur de ceux qui attendent des promesses d'amour éternel.

À quinze ans, il ne peut être question d'engagement. La vie s'ouvre enfin. Le voyage commence. On ne va pas descendre à la première gare...

À la maison, on ne me posa aucune question sur ma soirée « entre copines ». Maman était déjà couchée. Quant à papa je le croisai en compagnie d'un clown blafard et d'un auguste aux grands pieds, invités pour les trois ans de ma sœur. Il me dit :

— Minette Prévert est malade, elle n'a pas pu venir à l'anniversaire de Carole, alors j'emmène ces messieurs chez Jacques, avec une part de gâteau, comme ça la petite ne sera pas tout à fait privée de fête.

Papa et ses deux hommes de cirque disparurent dans la nuit. Ce geste-là, Prévert ne l'a jamais oublié. Lui qui était encore plus fou que mon père !

18

Le directeur de LTC, sensible à mon désir de tout connaître, m'affecta au service « étranger. »

Dany, notre chef, était une jolie personne que Mme Maguin, pour des raisons qui m'échappaient, détestait. J'appris par la suite qu'il y avait eu un homme entre elles.

L'atmosphère était plus détendue chez la belle Dany. On travaillait dur, mais on rigolait bien aussi. Quand, par aventure, je notais des différences culturelles entre mes camarades et moi, je me gardais de réagir, désirant par-dessus tout me fondre dans leur groupe. L'une d'elles, un jour, me fit part de sa haine des speakers des émissions de musique classique. Quand elle se mit à imiter leur ton sentencieux, sinistre, je ne pus m'empêcher de rire.

Les autres tombèrent d'accord avec elle, et « n'écoutant que mon courage qui ne me disait rien, je me gardai d'intervenir ».

J'eus la lâcheté de taire l'émotion que, si souvent, Schubert m'avait procurée, surtout durant un été passé en pleine guerre dans une maison de location au Vésinet. Huguette avait découvert une pile de disques Archiv, un vrai trésor que nous épuisions durant les nuits d'accalmie, quand les bombardements cessaient.

Cet été-là, Paris fut pilonné presque quotidiennement. On entendait d'abord au loin le mugissement de la sirène, ensuite les escadrilles qui se rapprochaient, sourdes au début, puis de plus en plus oppressantes ; les sifflements des bombes avant l'explosion, et les ripostes de la DCA.

Mes souvenirs correspondent-ils avec la réalité de l'époque ? Je sais que je ne suis pas toujours fiable. Personne, d'ailleurs.

Durant ces bombardements, papa voulait qu'on aille à la cave. Maman refusait tout net, affirmant qu'elle ne voulait pas mourir étouffée. Mes frères en profitaient pour jouer les insoumis. Depuis les fenêtres ouvertes, Christian et Serge assistaient au spectacle. C'était à qui repérerait le premier une escadrille dans le ciel, et, au cours des pauses, ils sortaient en courant pour ramasser des débris d'obus encore brûlants. Lilou disait qu'elle avait peur, que ses fesses tremblaient. Moi, je les regardais depuis mon lit. J'ai toujours eu horreur de le quitter pour rien. Je n'avais pas peur. Papa et maman étaient là.

Au service « étranger » de la belle Dany, pas question de parler de Mozart, ni de Scarlatti. Avec mes nouvelles amies, nous chantions parfois, retour de la cantine, les airs à la mode, enchaînant Georges Guétary à Tino Rossi.

Claude avait une jolie voix.

— Au lieu de ravauder ton trousseau, tu f'rais mieux de te pointer à l'Opéra.

— Et son mari alors ? Elle va le trouver comment ? Parce que, là-bas, tous de la jaquette ! À un radio-crochet, elle a peut-être une chance.

— Tu vois ça ? Claude, étoile de la chanson !

— Il n'en est pas question, ça ne plairait pas à mon mari.

— Mais quel mari ? Arrête de rêver tout haut, à force tu vas te ruiner la santé, pauvre cocotte !

— Moi, c'qui m'botterait, rêvait l'une d'elles, c'est d'être miss.

— Dis donc, pour ça faudrait que tu freines sur les choux à la crème.

— « Reine d'un jour », tu peux toujours tenter lançait Claudine... À l'applaudimètre, au concours de la fille la plus larguée par ses jules, tu as toutes les chances !

Claudine fut la seule camarade de travail que j'osai un jour inviter à la maison. Anticonformiste, elle ne pouvait qu'aimer ma famille.

Elle l'adora. Des années plus tard, elle m'expliqua ce coup de foudre pour les miens, me révélant qu'elle avait toujours souffert d'être livrée à elle-même. Une mère voyageuse, un père absent, des grands-parents morts très tôt... Cette jeune femme, qui n'avait pas eu de chance au départ, travaillait avec cœur, riait de tout, faisait étudier son latin le dimanche à Francis, son petit garçon, et séduisait ceux qui lui plaisaient.

Un matin, Claudine ne pointa pas. On pensa à une grippe. Elle avait tenté de se suicider. Dès la sortie, je courus à l'hôpital Laënnec. Dans les longs couloirs, ça sentait l'éther et le désinfectant. Je cherchai la salle commune où on l'avait placée. Elle avait pris des somnifères, on avait dû lui faire un lavage d'estomac. Je fus très impressionnée. Dès qu'elle me vit, d'une voix rauque et l'œil sarcastique, elle me demanda si j'avais pensé à apporter du buis pour la bénir.

Je m'assis au bord de son lit en la traitant de reine des connes pour avoir attenté à sa vie. Elle en fut tout à fait d'accord, mais, quoi, sa vie n'était pas simple :

— J'ai deux amants, et il faut qu'ils soient tous les deux jaloux, mariés et pères de famille ! Tu avoueras que c'est pas de chance !

Pour la distraire, je lui avais apporté des journaux. Elle en prit un et lut les nouvelles tout haut pour la plus grande joie des autres malades, qui s'ennuyaient à mourir.

— Dans le Paris-New York, un hublot explose. Le voyageur le plus proche, M. Nasch, disparaît dans les airs à la frayeur des autres passagers... (Elle leva le nez du journal.) C'est le fameux Nasch aspiré, quoi !

La veille, désespérée, elle avait avalé une boîte de somnifères, et ce jour-là, dans son lit étroit, elle amusait la galerie.

Elle tournait les pages des faits divers et lut un ton plus bas :

— Un homme a exigé de sa compagne, comme preuve d'amour, qu'elle plonge son bébé dans la lessiveuse remplie d'eau bouillante. La femme s'est exécutée.

Claudine me regarda, narquoise :

— C'est gentil de m'offrir tous ces trucs rigolos pour me changer les idées !

Mi-figue, mi-raisin, je l'écoutais. Même raté, un suicide est toujours un appel au secours. Je ne savais sur quel pied danser.

Quelques minutes plus tard, nous sortions de l'hôpital et hélions un taxi. Avant que je la dépose chez elle, Claudine voulut s'arrêter chez un marchand de couleurs.

Alors que la patronne cherchait l'article dans l'arrière-boutique, un couple entra et, prenant Claudine pour la vendeuse, lui demanda une lessiveuse, ce à quoi, d'une voix suave, Claudine répondit :

— C'est pour un enfant de quel âge ?

Plus la situation était tragique, plus Claudine

était drôle. Exactement comme l'était mon frère Serge.

Serge est mort il y a quelques mois ; les derniers temps, quand on entrait dans sa chambre d'hôpital, il faisait le signe de croix en guise de salut. Si je l'appelais pour le prévenir d'un léger retard, il me disait d'une voix rassurante : « Mais ça n'est pas grave, ma chérie, ne t'en fais pas », puis d'une voix étouffée : « au secours ! ». Reprenant sa voix normale, il poursuivait : « Moi, ça va, tu sais, ça va même très bien. » Puis à nouveau de sa voix étouffée, il appelait : « Je suis seul et je meurs ! » Et ensemble on riait ! À quelques jours de la fin, Serge ne perdait pas son humour. Il était encore capable d'être facétieux ! Irremplaçable Serge, que rien ni personne ne pouvait changer. Même pas son lit de souffrance.

Enfin arrivée chez Claudine, je la forçai à se mettre au lit et lui préparai ce qu'elle nommait (non sans raison) ma sale cuisine.

Le téléphone sonna. Elle décrocha et dit d'une voix douce et sensuelle :

— Oui... Bonjour, mon chéri, qui est à l'appareil ?

Cette gaffe nous fit rire comme des folles. La tentative de suicide était oubliée... Jusqu'à la prochaine.

19

Alain K. venait chaque soir me chercher à la sortie de LTC. Nous étions heureux et troublés. Pour la première fois, je vivais ce moment délicieux où l'on est deux à savoir qu'une histoire d'amour commence et où l'on vit dans l'attente de son accomplissement. Nous nous regardions longuement, sans un mot. Au cinéma, il me prenait la main. Parfois, dans la rue, il s'arrêtait pour me serrer contre lui. Essayant d'éviter tous les lieux où je risquais de croiser un membre de ma famille, le dimanche, je le retrouvais dans les jardins du Luxembourg. Les petits garçons autour du bassin jouaient avec leurs bateaux en poussant, exultant, des cris de joie, des ânes passaient, chargés de bambins... Par-dessus tout, j'aimais les étudiants. Garçons et filles, leur insouciance, leur manière désinvolte de balancer à bout de bras leurs bouquins liés par une courroie... Aux terrasses des cafés du Quartier latin, ils parlaient haut, riaient bruyamment. Je les dévorais des yeux. Alain s'étonna un jour de ma fascination. Je lui expliquai que je ne connaîtrais jamais la vie estudiantine. Il me prit contre lui, murmura que j'avais bien fait de choisir LTC, sinon jamais nous ne nous serions rencontrés.

Au labo, Claudine, perspicace, me questionnait sur mon « amoureux », s'inquiétait de savoir s'il était transi ou non ! Je répondais par un rire.

Un soir, il m'emmena chez lui. Il vivait dans une grande pièce avec un lit immense, recouvert d'un tissu rouge. J'étais troublée de découvrir son univers. Émue de cette incursion dans sa vie, où je me glissai avec délice.

Pour la première fois nous étions seuls, loin de tout regard étranger.

Tout pouvait arriver.

À peine étions-nous entrés qu'il me tourna vers lui et prit mon visage entre ses mains. Il fixa sur moi un regard ardent. J'étais en attente. Heureuse du vertige qui s'emparait de moi chaque fois que je sentais la caresse de ses doigts. Il m'embrassa doucement, le cou, la bouche. Effleura mes seins sous mon chemisier. Nous allions faire l'amour. À mes yeux, il n'était pas question de flirter avec un garçon et de s'arrêter en chemin. Je méprisais les demi-vierges. Je m'étais toujours dit : « Le premier homme qui m'embrasse, je me donne à lui. » Et depuis des semaines : « Ce sera lui. »

Mon trouble grandissait.

Il me regarda longuement et me dit très bas :

— Demain, tu viens vivre ici. Avec moi. Tu verras comme je saurai t'aimer.

J'imaginai aussitôt la tête de papa ! J'avais menti à Alain sur mon âge (on me donnait facilement dix-sept ans), aussi je me dérobai à sa proposition. Il se méprit sur mon silence. Insista :

— Prends-moi à l'essai.

Les jeunes filles sont souvent plus cyniques qu'il n'y paraît, et, si la situation s'y était prêtée, j'aurais ri avec lui de cette étrange formule.

C'est bien plus tard, que j'ai compris ce qu'il y avait de modeste et de tendre dans ces mots.

J'étais si bien, allongée dans ses bras. Mon unique souhait était que cet instant ne cesse jamais. Je refusai de parler et lui tendit ma bouche. Je m'alanguissais avec une profonde volupté, prête à céder à tous ses désirs. Je n'existais que par ses mains. À mon tour, je passai mes mains sous son pull et je caressai son torse. Ses yeux dans les miens, sa bouche qui ouvrait la mienne, l'intimité troublante du premier baiser. Ah, les merveilleux débuts...

Soudain il regarda l'heure :

— Ma Nadine, ma réunion a lieu ici dans trois quarts d'heure. Juste le temps de te raccompagner chez toi.

Un instant, je me sentis abandonnée dans un désert sans dunes, sans ciel. Un désert de béton hostile.

— Une réunion de quoi ?

— Je te l'ai dit, non ? Je suis communiste.

Merde ! Comme papa qui disparaissait trop souvent, trop longtemps. Je haïssais le PC.

— Décommande-les. On est heureux là, non ?

— Ne me dis pas ça. Tu me tortures. Comment veux-tu... ? Ils vont tous arriver.

— On s'en fout. On éteint et on se tait. Ils finiront bien par repartir.

— Mais ils ne comprendraient pas que j'aie pu les laisser tomber.

Je me redressai, en proie à un violent désespoir, essayant de réprimer cette ardente envie de faire l'amour qu'il avait éveillée en moi.

— Moi non plus, je ne comprends pas.

— Toi, si sérieuse dans ton travail.

— Ça n'a rien à voir avec nous deux. Ou bien notre amour dépasse tout, ou bien il n'existe pas !

— Tu comptes plus que tout. Tu sais que je t'aime.

— Alors éteins et taisons-nous.

— Je ne peux pas... Les camarades, je me dois d'être loyal avec eux. Tu ferais pareil.

Oh non ! Je m'en battais l'œil, de la loyauté, des camarades et de la lutte des classes.

— Non. Je ne ferais pas pareil du tout ! Moi, c'est tout ou rien. L'amour est plus important que le petit père des peuples. Il me pompe, celui-là, si tu veux savoir.

De ses mains caressantes, il tenta de me ramener à lui. Mais j'étais raide, hostile, ennemie mesquine et implacable. Il murmura :

— S'il te plaît... Tu me demandes la seule chose que je ne peux pas faire.

Il ne pouvait pas être déloyal, et je ne le compris pas. C'était la première fois que j'étais confrontée au sens des responsabilités, à l'honneur, à la droiture masculine. Je devais apprendre qu'il est difficile pour les hommes d'emprunter les chemins tortueux que les femmes sont obligées de suivre parfois.

Blessée, meurtrie, frustrée, je me levai d'un coup. Ramassai ma veste.

— Ce n'est pas la peine de revenir me chercher ! Jamais ! Salut.

La dernière vision que j'eus de lui était celle d'un jeune homme dérouté.

Je claquai la porte, mettant un obstacle entre lui et moi.

Effondrée, je marchai au hasard des rues. Il avait renoncé à moi, à l'amour, pour ses « camarades du parti ». Papa m'avait emmenée une ou deux fois aux « réunions de cellule ». Je m'y étais beaucoup ennuyée. J'assistais à un rassemblement d'hommes et de femmes aspirant à des chimères. J'en avais éprouvé une sorte de peine pour papa, qui me paraissait tout à coup infantile, impression fugitive, vite chassée, et à présent je me complaisais dans cette souvenance un peu triste des murs grisâtres, et d'une ampoule nue qui pendait du plafond.

Dans la rue, je pleurai et décidai que mon histoire d'amour avec Alain K. était terminée !

Bien des années plus tard, ce fut un autre Alain qui illumina ma vie pour toujours...

Mais ce soir-là, dans la nuit de Paris, je me montai la tête avec une bonne dose de mauvaise foi : j'en avais après le parti communiste... Un père et une sœur qui ne vivaient que d'illusions, mon amoureux qui pour de bien aléatoires lendemains qui chantent en oubliait l'aujourd'hui merveilleux. Merde au grêlé moustachu ! Je croisai des gens pressés, sans joie, enfermés dans leur morosité. La petite pluie fine, parisienne, le ciel crépusculaire m'auraient emplie de joie si j'avais été dans les bras de celui que je venais de quitter. Mon bel appétit de vivre était perdu dans les steppes de la grande Russie.

En bas de la maison, je croisai Anouk. Enjouée, elle me raconta que Lilou, toujours tourmentée pour les autres, lui avait fait part de son inquiétude à mon sujet. Selon elle, l'amour ne m'intéressait pas. Je ne regardais pas les garçons. Je n'étais pas normale, quoi. Anouk, malgré son envie de la rassurer, ne lui avait rien dit de notre rencontre à la cinémathèque. Elle savait garder les secrets. Si j'avais eu assez d'humour ce jour-là, je lui aurais sans doute raconté l'histoire de mon amoureux qui me préférait Staline, il est probable qu'on en aurait ri. Comme on le fait entre amies, quand l'une de nous vit en amour un échec sans gravité.

J'ai mis des années à comprendre que j'avais eu tort. Alain K. était tout simplement quelqu'un de bien. J'avais réagi comme une idiote. Si le parti était important pour lui, j'aurais dû le respecter... Mais, à seize ans, j'étais à mille lieues d'une telle sagesse. J'étais prête pour l'amour, et cette ordure de Staline m'avait barré le chemin. Je ne sortais pas de cette logique.

Quand je rentrai à la maison, Serge me prit dans un coin :

— Tu as un amant !

— Fous-moi la paix, Serge. Ce n'est pas le moment !

— Je t'ai fait suivre par un détective.

— Encore ! Mais t'es malsain !

— Je sais tout de toi.

Il m'attrapa par le bras et me traîna de force dans la salle de bains, où il me fit passer sous une douche glacée. j'étais trempée, hurlante, hors de moi... Et toujours vierge.

Serge n'a jamais changé.

Des années plus tard, nous roulions, Christian, lui et moi, vers Maison-Laffitte, où vivaient nos parents. J'avais plus de vingt ans et je vivais une belle histoire d'amour.

Serge m'attaqua bille en tête.

— Je sais que tu vis avec un homme. Toi, pour les coups en douce, tu ne crains personne. Jamais il ne t'épousera à présent ! Ni lui ni personne !

— Je m'en fiche, du mariage, et il n'a pas tes idées arriérées.

— Tu vis dans le péché.

Christian riait tellement qu'il dut s'arrêter au bord de la route.

— Mais enfin, Serge, tu es com-plé-te-ment dingue ! Fous la paix à Nadine. Elle vit avec Jean-Louis, on le sait, et alors ?

— Alors elle est fichue.

Imitant la voix de Cocteau, son index pointé devant la bouche, Christian énonça :

— Notre frère est le fou le plus merveilleux que j'aie jamais vu, quoi ?

Christian ayant pris ma défense, je me tus et pensai que l'incident était clos.

Mais, dès le lendemain, Serge se rendit à Bordeaux, où vivait Huguette. Elle se devait de me sermonner ! À ce moment-là, elle avait déjà deux enfants, elle militait aux côtés de son mari, avec lequel elle partageait un amour fou, elle avait d'autres chats à fouetter ! De plus, me faire la leçon, ça n'était pas son genre. Mais ma sœur aînée, comme toujours, tenta de calmer son petit frère.

Pour une raison qui m'a toujours échappé, la jalousie de Serge m'était réservée. Il laissait mes sœurs en paix. Je lui ai souvent demandé, en vain d'ailleurs : pourquoi moi ? Parce que longtemps j'ai été la plus petite ? Parce que j'ai vécu seule très jeune ? Mystère et boule de gomme. Il ne m'a jamais répondu.

Il était d'un tempérament exclusif.

Je me souviens du jour où, au musée de la Marine (nous avions douze et seize ans), il m'expliqua entre deux gigantesques maquettes de bateaux qu'il épouserait la femme la plus moche possible, sans charme aucun, et idiote de surcroît, afin d'être certain que personne ne la regarderait ; mais, quelques années plus tard, il tomba amoureux d'une fille ravissante : Sylvie. Il me rejoignait le soir sur mon lit, et je lui dictais pour elle les lettres d'amour que j'aurais voulu recevoir.

Quelques années plus tard, il se mariait avec Anka, une reine de beauté que l'on voyait partout sur les publicités pour Ambre solaire. Elle était affichée grandeur nature, souriante dans un maillot de bain qui ne cachait ni ses longues jambes, ni sa taille fine. Un visage resplendissant, un charme fou.

Jusqu'à la fin de sa vie, heureusement pour lui, Serge n'a jamais tenu parole.

20

Pour oublier Alain, je me jetai dans le travail, et bien m'en prit, car j'atterris bientôt dans le service « étalonnage ».

Le travail consistait, à l'aide d'une échelle de ronds plus ou moins grands, à donner à chaque plan la valeur de la lumière réclamée par l'image.

Un miracle eut lieu. J'étais douée ! Très vite, le chef du service me confia entièrement l'étalonnage de films. Penchée sur mon verre dépoli, je scrutais avec attention la luminosité de chaque plan. Pour la première fois de ma vie, grâce au travail, le temps passait à une allure vertigineuse. J'étais presque l'égale de mes compagnons. En effet, ce service ne comptait que des hommes. Allez savoir pourquoi on avait décidé que l'étalonnage était leur affaire. Nous formions une petite équipe, et le calme des lieux me plaisait.

Désormais, je quittais le labo le soir avec l'envie d'y revenir le lendemain. J'étais sauvée. Je découvrais le bonheur fort que donne le travail, une excitation jusque-là ignorée, presque aussi envoûtante que le plaisir de lire.

Un matin, la belle Germaine débarqua dans notre petite salle. Son mari, un type gentil et discret, dirigeait le service.

D'un ton insolent, qui ne pouvait échapper à aucun de nous, vu l'étroitesse de la pièce et le silence habituel qui y régnait, elle lui réclama de l'argent. Il déposa dans la main tendue de sa femme son portefeuille. L'œil moqueur, elle inclina sa main avec lenteur et le portefeuille tomba à terre entre eux. Le couple se fixait en silence, immobile. Pour des raisons inconnues de nous, Germaine, c'était évident, narguait son mari. Le nez sur nos verres dépolis, nous ne bronchions pas. L'homme se baissa, le ramassa. Puis il en sortit quelques billets que sa femme empocha sans un mot de remerciement. Elle tourna les talons. Ils étaient hauts et claquèrent sur le sol. Son mari semblait malheureux. Aucun de nous ne releva l'incident.

Il se passe souvent des choses mystérieuses à l'intérieur des couples, auxquelles personne ne comprend rien, si ce n'est que les rapports de force changent de camp. À la cantine, Germaine, ironique comme à l'accoutumée, ignora son malheureux époux, assis à une autre table, du côté « hommes ». Je me disais que jamais je n'aurais de telles relations. J'ai toujours haï les rapports de force.

Un soir en sortant du labo, mes six mois de stage étant presque écoulés, je me rendis au studio de Boulogne avec un plan bien établi derrière la tête : me rendre en salle de montage en quête d'un stage.

Boulogne, rue de Silly, était le studio le plus proche de LTC.

Quand, après avoir frappé à la première des portes, j'entendis : « Entrez », le cœur faillit me manquer. J'ouvris. Trois visages étaient tournés vers moi, avec un air interrogatif.

Je m'entendis dire :

— Oh pardon, je me suis trompée.

Je refermai la porte avec l'impression d'avoir échappé à un naufrage. Je pensai que jamais je n'oserais raconter cette histoire à ma famille. Il fallait que je continue sur ma lancée. De toutes mes forces j'aspirais à la liberté. Il me fallait donc gagner ma vie.

Devant l'immense porte du studio, je croisai Michel Auclair maquillé, costumé en chevalier, il me fit rire en simulant un duel.

Soudain Alain K. déboula, essoufflé. Nous ne nous étions pas revus depuis la soirée du parti, qui était aussi celle de mon premier baiser... Et de ma frustration. Un assistant vint chercher Michel qu'on attendait sur le plateau.

Michel parti, Alain me dit, l'air ému :

— J'ai entendu ton rire. Je me suis dit : « C'est

elle »... J'ai couru... J'avais si peur de te rater... Je voudrais tant... Si tu savais...

Je le regardai... Navrée. Je ne savais pas. Non. Et j'avais honte de mon indifférence. Il était sorti de ma vie, c'est tout. Je n'éprouvais plus rien pour lui. Aucun trouble. Rien. Rien qu'une immense compassion devant la vacherie de la vie. Il comprit tout. L'air triste, il murmura :

— Je travaille ici à la régie. Poste numéro 32...

Je hochai la tête. Tout espoir l'abandonna et il me dit en guise d'adieu :

— 32, tu te souviendras ? Tu me bigophones... ?

Des années plus tard, il devait mourir en mer, au cours du tournage d'un documentaire sur les marins bretons, plongeant sa sœur dans un immense chagrin. Il était malade, penché par-dessus bord, quand une énorme vague l'avait emporté. C'est elle, c'est Simone qui me raconta la mort tragique de son jeune frère, qu'elle aimait tant. Je lui dis que je l'avais connu jadis. Elle le savait, il lui avait parlé de moi : « La petite Marquand, elle me plaisait plus que bien. J'en ai bavé. »

Mes yeux se perdirent dans ceux, si verts, de « Casque d'or ». C'était étrange parce que je traversais une période de grand bonheur, entre ma petite fille de quatre ans et son père. Pourtant, j'imaginai un instant ce qu'aurait été ma vie avec ce jeune homme si doux, si loyal, et j'éprouvai une certaine nostalgie à la pensée de ne pas l'avoir vécue. Nous avons en nous la possibilité de tant de vies différentes. Quel dommage tout de même, tous ces renoncements.

Pour moi, je murmurai :

— L'amour...

Simone comprit ce que je ressentais. Elle me dit :

— Ben oui, ma chérie, c'est compliqué pour tout le monde... Mais hein ? Comme on n'a rien inventé de mieux !

Nous étions sur la terrasse de cette maison de bonheur à Auteuil, où nous fûmes nombreux à passer de merveilleux week-ends et parfois davantage.

Ce jour-là, je me jugeai mesquine et gourde. Je rappelai à Simone combien à quinze ans, comme on est vite troublé, vite emporté sur des nuages... Vite oublieux aussi. On se cherche à travers d'autres en pensant surtout à soi. Il faut du temps pour savoir ce qu'est le chagrin, du temps pour apprendre à aimer.

Elle savait de quoi je parlais.

21

Après ma tentative à Boulogne, je fus envoyée au service « projection ». Un cadeau du ciel. Toto, le projectionniste, me montra en une matinée comment charger les bobines images et son, comment mettre les croix de Malte en place afin qu'elles soient synchrones, puis comment les enchaîner. Après quoi je passai mon temps derrière la petite table à veilleuse, à regarder défiler des films... La vie de château.

À la maison, Lilou était revenue de Megève amoureuse d'un Slave au charme fou. Serge et moi étions ignobles avec elle, comme on peut l'être entre frères et sœurs. À l'époque, pour Lilou, la fiction était déjà plus divertissante que la réalité. Elle ne manquait pas d'imagination et racontait non pas exactement ce qui s'était passé, mais ce qui aurait dû se passer à son goût. Serge et moi repérions à tout coup ses dérapages, et rien ne nous divertissait autant que de la prendre en flagrant délit. Après Megève, elle fit semblant pendant quelque temps de passer des coups de fil amoureux à son beau Yougoslave. À cette époque, les téléphones étaient munis d'un écouteur, et, Serge ou moi, nous nous précipitions dessus comme des dingues dès qu'elle téléphonait, certains qu'elle parlait dans le vide. Elle raccrochait aussitôt en nous insultant. Elle n'avait pas tort.

Un soir où le beau Slave devait venir la chercher à vingt heures pour dîner, Serge, qui sortait, me murmura que c'était du bluff et que je ne manque pas de lui raconter comment elle s'était dépatouillée avec son mensonge. À dix-huit heures, Lilou était prête. Impeccable. Ravissante. Émue. Nerveuse, elle me dit qu'il ne viendrait pas et que, d'ailleurs, c'était aussi bien comme ça, puisqu'elle n'avait rien à lui dire. Elle allait se démaquiller tout de suite, et au lit ! Je tentai de lui faire entendre raison. Il devait passer à vingt heures, elle n'avait donc rien à craindre. À un moment, elle tira sur une mèche de ses cheveux blond foncé en déclarant qu'ils étaient trop raides et prétendit que sa robe était moche...

À vingt heures pile, le beau Slave était là.

Elle partit comme une flèche, jolie, heureuse, jeune.

Serge avait perdu. Moi aussi.

Souvent les rêves de Lilou se concrétisent au moment où on ne s'y attend pas. Il y a une magie dans sa vie.

22

C'était l'été, il faisait si beau que, après la cantine, j'allais avec des copines au bord de la Seine. Nous étions filles de paresse, à nous prélasser dans l'herbe en regardant glisser les péniches.

Le soleil de Paris donnait à ces derniers jours de travail une saveur nouvelle.

Bientôt j'allais partir.

Connaître une autre vie, d'autres amis.

Le dernier jour de mon stage arriva.

M. Faidherbe proposa de m'engager au labo comme étalonneuse.

Payée donc. Je fus touchée.

Mais non, j'avais bel et bien décidé de devenir monteuse de films.

Tout de même, je me demandais ce qui m'attendait désormais. Allais-je trouver du travail ?

Le soir, au tabac, je fis mes adieux à mes premières compagnes de travail. Quitter ce quotidien rassurant et ces femmes qui m'avaient tant appris me donnait de la tristesse. J'ignorais alors que je retrouverais souvent cette impression de fin de saison, quand on range chaises longues et parasols jusqu'au printemps prochain.

À chaque fin de film se rejouerait cette scène au moment de quitter l'équipe de tournage, avec laquelle on a tant partagé : les galères, les casse-croûte à l'aube, les nuits glaciales, les fous rires, la lutte contre le temps qui passe trop vite, l'angoisse des séquences à finir, des comédiens à rassurer, la joie d'avoir réussi un plan qui semblait trop ambitieux, grâce à l'ingéniosité des machinos, électros, techniciens. J'ignorais alors l'importance que ces rapports-là, les rapports de travail, auraient dans ma vie.

Dans le petit tabac, on trinquait en se promettant, sans trop y croire, de se revoir... En même temps, je ressentais l'excitation sourde que l'on éprouve, jeune, face à l'inconnu, avec cette certitude heureuse d'avancer vers sa propre vie.

M. Faidherbe m'avait remis une lettre de recommandation, où il vantait mes qualités morales et techniques. Très fière, j'exhibai ce qu'il faut bien appeler mon unique diplôme devant mes frères, qui me demandèrent qui je m'étais tapé pour obtenir un pareil papier ! Ça, le coup de mes qualités morales, ils me l'ont pas mal ressorti par la suite !

La formule avait bien plu à la maison.

De nouveau Christian me fut précieux. Il connaissait Alex Joffé, qui s'apprêtait à tourner *Lettre ouverte à un mari*. Par un joyeux hasard, Claudine, qui elle non plus n'avait jamais eu l'intention de rester à LTC, devait être assistante monteuse sur le film.

Je me pointai donc un matin au studio Francœur vêtue en pauvresse pour rencontrer Roger Dwyre, le chef monteur. En me voyant apparaître, Claudine eut un choc et me demanda tout bas la raison de mon accoutrement. Je m'étais mis en tête que je serais engagée plus facilement si j'inspirais pitié.

Mais la fille à l'imperméable informe, au fichu sur la tête, ne plut pas du tout, et je ne fus pas engagée.

Je partis déçue retrouver ma famille à Megève.

Quelques jours plus tard, Alex Joffé, le metteur en scène, demanda à Roger Dwyre de prendre sa femme comme stagiaire. L'idée d'avoir l'épouse du metteur en scène toute la journée sur le dos l'anéantit. Il rappela à Joffé que celui-ci lui avait recommandé une jeune fille (moi), et qu'elle était donc engagée (faux) ! Il téléphona aussitôt à la maison pour me convoquer à nouveau. Au téléphone, un valet de chambre qui faisait notre joie en disant à maman le matin : « Les beaux yeux de madame sont fatigués, madame n'a pas bien dormi », répondit que j'étais à Megève.

Le monteur, déconcerté, pensa qu'il devait s'agir d'une autre. La fille à l'imper informe et au fichu sur la tête ne pouvait pas être dans un lieu aussi chic.

Il appela tout de même Megève, où maman lui dit que j'étais partie pour la journée en hélicoptère faire du ski au-dessus de Chamonix.

Évidemment, à peine rentrée au chalet, j'appris la nouvelle et fis mon sac de voyage sur-le-champ.

À l'époque, Carole avait quatre ans et m'adorait. Sa naissance avait été un merveilleux cadeau de la vie pour moi. Depuis toujours je suppliais ma mère d'avoir un autre enfant. Aux jardins de la Muette, où je l'emmenais en promenade le jeudi, je me faisais appeler « maman ». J'avais alors treize ans et, même si je faisais plus âgée que mon âge, je pense que pas une mère ne crut à mon mensonge.

Ce jour-là, Carole s'accrochait à moi, sanglotant, et ce petit corps tiède, dévoré de chagrin contre ma poitrine, me bouleversait.

Cependant, pas question de rater cette chance. J'embrassai fort ma petite sœur et me précipitai à la gare de Sallanches.

Anouk était là avec une amie qu'elle me présenta. Un saxe ravissant : Annie Fargue, avec laquelle elle devait jouer plus tard dans *Sud*, adapté d'un roman de Graham Greene. On se plut tout de suite.

Je n'ai pas connu le coup de foudre en amour, mais en amitié, si. Trois fois : mon premier avec Lou Bonin, rencontré sur le tournage d'un film de Marcel Camus, que j'avais rejoint à Nice. Dès le premier soir, il m'a tellement fait rire que les autres membres de l'équipe nous ont crus amis de longue date.

Mon deuxième avec Florence M., un été chez Vadim. Une jeune fille gracile et gracieuse, au regard intelligent ; sa tranquille élégance morale, son désir d'être légère aux autres en font la femme la plus réservée, la plus tolérante que j'aie jamais rencontrée, ce qui n'empêche pas que l'humour fasse partie de sa séduction.

Comme nous étions les deux seules à refuser d'aller traîner la nuit à l'Esquinade, la boîte du moment, parce que nous tombions de sommeil après le dîner, on nous avait mises d'office dans la même chambre, où nous passâmes la nuit à bavarder. Nous avons commencé à parler littérature, puis cinéma, enfin nous avons abordé le sujet qui nous tenait tant à cœur : l'amour. Cette conversation se poursuit encore aujourd'hui ! Ce que j'aime chez de nombreuses femmes, c'est qu'elles ne vieillissent jamais vraiment. Apparemment, personne n'y échappe, mais, chez Florence, gravité et légèreté font bon ménage. Le temps n'y a rien changé. Les moments difficiles à vivre non plus.

Mon troisième coup de foudre fut donc pour Annie, sur ce quai de gare de Sallanches. C'est une voyageuse. Ce qui lui convient, c'est d'être entourée de quelques valises à moitié défaites, et de visages amis. Jamais vraiment arrivée, pas encore partie. Et surtout sans programme défini à l'avance, elle a un charme auquel il est presque impossible de résister.

Comme elle était la spontanéité même, elle décida aussitôt de rentrer à Paris avec moi. Anouk, chez qui elle habitait à Megève, demanda, déconcertée :

— Mais tu devais partir demain... Et tes bagages ?

Désinvolte, Annie décréta :

— Tu me les rapportes, ma Nounouk. De toute façon, je n'ai presque rien.

— Et l'argent pour ton billet ?

J'échangeai mon billet de première classe contre deux troisième et l'affaire fut réglée.

Anouk riait en tenant sa petite fille Manuella, qui ne la quittait jamais, contre elle. Elle m'expliqua avec tendresse qu'Annie était complètement folle !

Sur le quai, elle et sa fille nous firent de grands signes d'adieu.

Dans le compartiment, tandis que nos voisins déballaient du saucisson qui empestait l'ail et des œufs durs, Annie et moi avons parlé de tout ce qui nous passionnait. Le théâtre, le cinéma... Et l'amour. À un arrêt du train, nous vîmes tous les voyageurs se lever, attraper leurs sacs, et partir. Le compartiment était vide. Surprises, nous nous penchâmes pour lire le nom de la gare – c'était la gare de Lyon. Nous étions arrivées à Paris. Le voyage, qui, à l'époque, devait durer dix heures, était passé à la vitesse de l'éclair. Comme notre conversation n'était pas finie (elle ne l'est toujours pas aujourd'hui), Annie vint dormir chez moi.

Le matin, complètement épuisée après une nuit de fous rires, j'appelai Claudine qui me conseilla de venir au plus vite, et habillée normalement.

Annie riait dans un de mes pulls, qui lui tombait aux genoux.

Je lui fis un signe d'adieu et dévalai les escaliers.

Je fus engagée. J'obtins le prix habituel, vingt mille par semaine, et j'en fus très contente. C'était mon premier salaire.

23

Pour accéder à la passerelle qui menait aux salles de montage, on traversait des plateaux immenses, des décors en train de se monter, des ateliers de menuiserie où tous s'interpellaient joyeusement. Cette atmosphère me plaisait. J'étais enfin dans le saint des saints. Un de ces lieux magiques où se faisaient les chefs-d'œuvre qui me donnaient du rêve.

J'eus droit à ma table de synchro, et Claudine me donna sa vieille colleuse.

Jamais je n'ai réussi à faire une collure qui ne gondole pas. Je fus sauvée bien plus tard par le scotch.

Claudine disait : « Une collure signée Nadine est une collure qui se débine. »

Oui, mais en projection, si une collure sautait, c'était le drame, et je vivais dans la frousse de me faire virer.

Durant ce stage, on me fit subir le bizutage habituel. On m'envoyait chercher des choses qui n'existaient pas, inventant des termes techniques invraisemblables, qu'on me faisait répéter. Le jeu consistait à dire à la stagiaire ignorante :

— Va me chercher une amorce zaponnée. Il doit y en avoir à la déco.

Je courais vers les bureaux des décorateurs, qui entraient dans le jeu.

— C'est à la menuiserie qu'ils ont ça, ma petite, pas chez nous.

Je cavalais à la menuiserie.

— On n'en a plus. Va voir s'il n'y en a pas dans la camionnette son.

Je revenais bredouille et, magnanime, le chef monteur disait que, tant pis, il se passerait de l'amorce zaponnée.

Suzanne Duranberger, la plus grande des scriptes, une femme pleine de charme, à la voix irrésistible, repéra leur manège et me prit sous sa protection.

Le premier jour, quand six heures sonnèrent, je m'attendais à partir, mais ni le monteur ni Claudine ne bougeaient. Je voyais le temps passer avec angoisse. Papa ne plaisantait pas avec les retards, mais je n'osais pas demander l'autorisation de téléphoner.

À dix-neuf heures vingt, on se leva enfin. Ouf !... Mais j'ignorais que c'était l'heure de la projection du tournage de la veille : les fameux rushes. Il y en avait pour une demi-heure, pour une heure si le metteur en scène décidait de les revoir – et c'est ce qui se produisit ce soir-là.

Claudine notait les remarques du réalisateur. La salle se ralluma enfin, mais la discussion entre le metteur en scène et le chef monteur n'était pas finie. Impassible, Claudine ne cillait pas. Je m'appliquai à faire comme elle.

À cette époque, ma famille vivait rue Raynouard. C'était sur la route de Roger Dwyre, le chef monteur, qui me raccompagna dans sa traction avant.

Il était tout de même près de dix heures du soir quand je poussai la porte de la maison. Un véritable conseil de famille m'attendait. Papa jugeait inadmissible que je rentre aussi tard. Ce fut Philippe Chaboche, un ami merveilleux, qui me sauva. Il expliqua la vérité, à savoir que les horaires de cinéma n'avaient rien à voir avec la norme.

Sa femme plaida ma cause.

Papa finit par l'admettre, à contrecœur.

C'est donc le cœur léger que je partis le lendemain pour le studio, où je croisais de grands chefs-opérateurs en blouson de daim, des metteurs en scène anxieux, des comédiens « maquillés et texte su ».

Dans la salle de montage, Claudine m'expliquait son travail. Quand j'en avais le temps, Roger me laissait regarder par-dessus son épaule le petit écran de la moritonne, où je voyais comment les rushes devenaient des séquences. C'est ainsi que, tout en rangeant les chutes ou en numérotant la pellicule (à la main à ce moment-là), je pouvais suivre le montage. J'avais enfin le sentiment que j'apprenais quelque chose.

Pour me faire plaisir, Claudine m'envoyait sur le plateau chercher les feuilles de script et les rapports images et son. Chaque fois, je restais un bon moment, invisible dans un coin, à observer le tournage. J'étais émue d'être là. De faire partie de l'équipe.

Un jour où il s'agissait de tourner une scène éprouvante pour les comédiens, le metteur en scène voulut obtenir quelque chose de particulier, difficile à comprendre, mais il y tenait, et je sentis qu'il était prêt à y passer la journée. Le silence était total. Je fis signe à un électro que ce recueillement m'impressionnait. Il me murmura tout bas :

— Tu parles, on entend voler les mouches... Enfin, celles qu'on n'a pas encore enculées.

C'est aussi ce que j'aime dans le cinéma. Ce respect absolu d'une équipe pour les problèmes du réalisateur, mais qui ne va pas sans le plaisir de la transgression.

Bien sûr, il y eut des mauvais moments.

Un soir, sans plaisanter cette fois, et après le départ de Claudine, Roger me demanda de dégotter un sifflet de locomotive pour le lendemain. Il ajouta :

— Tu trouveras ça dans la sonothèque.

Je passai une soirée d'angoisse au milieu des piles de boîtes où étaient rangés les rouleaux de son optique. Une assistante de la salle de montage voisine me sauva la mise.

Je fis pas mal de bêtises durant ce stage. Une demi-heure avant une projection, je fis tomber le contenu d'une bouteille de zapon dans le bac plein de pellicule. Le zapon était une sorte d'encre de Chine, et la bobine de pellicule fut tachée. Il fallut, à l'aide d'un velours imbibé de je ne sais plus quoi, la nettoyer mètre par mètre.

Roger et Claudine ne m'engueulèrent pas, ne m'engueulèrent jamais. Ça n'était pas la peine, dès que j'avais commis une bévue, j'avais si honte de moi que je faisais la tête. Se fichant gentiment de moi, ils disaient, comme si je n'étais pas là :

— Elle n'est pas contente aujourd'hui, la petite Nana, il va falloir la consoler !

Un jour où nous étions seules dans la salle de montage, Claudine me dit soudain :

— Dis donc, je ne me sens pas bien.

Surprise, je me tournai vers elle. Elle était livide. Elle m'expliqua que, enceinte, elle était allée toute seule, la veille, voir une sage-femme pour l'aider à avorter. Elle ajouta, désinvolte comme toujours, quand elle vivait quelque chose de difficile :

— T'en fais pas, ma minette, j'ai un paquet de coton, mais il va falloir me conduire à l'hosto.

Sur ces entrefaites, le téléphone sonna. C'était le metteur en scène. Claudine prit péniblement l'appareil (elle souffrait beaucoup), et répondit le plus naturellement du monde. Je voyais du sang couler le long de ses jambes et je mis un paquet de revues par terre pour qu'elle s'allonge, ce qui provoqua chez elle un fou rire nerveux. Allongée sur son lit de journaux elle expliquait au metteur en scène le travail du monteur tout en prenant, pour m'amuser (!), les poses alanguies de Joséphine de Beauharnais. Quand enfin elle raccrocha, je décidai d'appeler un taxi. Elle ne voulut rien entendre. J'ignore pourquoi elle tenait absolument à ce que je conduise sa voiture. Certes, Christian m'avait donné quelques leçons, mais j'étais tout sauf une reine du volant et je n'avais pas l'âge du permis. Impossible de faire entendre raison à mon amie. Elle alla aux toilettes se laver et en sortit soi-disant ragaillardie. Je la soutins tant bien que mal à travers les couloirs du studio. Il fallut traverser la menuiserie, les plateaux... Un véritable cauchemar !

Dans sa voiture, elle m'indiqua la route à prendre, et les moments où je devais passer les vitesses. Je m'efforçais de me concentrer sur la conduite, mais j'avais une trouille bleue pour mon amie. Soudain, je calai et tentai de rassurer Claudine.

— T'en fais pas, le démarrage en côte, Christian m'a appris. Frein à main, et...

Elle partit d'un rire fou.

— Mais de quelle côte tu parles, ma biche ? Ça monte à peine !

Elle perdait du sang, ce qui ne l'empêchait pas de plaisanter, mais je revivais une scène ancienne et pénible. J'étais obsédée par son hémorragie et lui demandais sans cesse :

— Tu sais combien de litres de sang un être humain a dans le corps ?

— Bah ! Entre cinq et quinze... On verra bien, hein ! T'as un truc pour mesurer ?

Claudine fut courageuse et forte jusqu'au bout.

Dans le couloir de l'hôpital, je pensais à elle et à toutes ces femmes qui traversent, souvent seules, ce genre d'épreuve. Épreuve clandestine à l'époque, et donc dangereuse.

Comme ma copine de LTC, deux jours plus tard, Claudine chantonnait à sa synchro.

Jamais le chef monteur ni le metteur en scène ne surent ce qu'elle venait de vivre.

Un jour, on nous demanda si une assistante, ou à défaut une stagiaire, accepterait de rester la soirée pour seconder Erich von Stroheim au studio. Je sautai sur l'occasion... Et passai ainsi presque toute la nuit auprès du génie au col cassé, qui ne m'accorda pas un regard, pas un merci. À quatre pattes, je ramassais les chutes du film qu'il jetait par terre d'un geste sec, méprisant.

J'en oubliais qu'il avait réalisé *Les Rapaces*, un pur chef-d'œuvre, et je le haïssais.

Le lendemain, quand je leur racontai ma soirée, Claudine et Roger se moquèrent de mon zèle.

— Ça t'apprendra à jouer les cinéphiles ! Il vaut souvent mieux se contenter de voir les films des grands, plutôt que de travailler avec eux...

24

Roger était un excellent monteur, très sollicité. J'avais de la chance de faire partie de son équipe. C'était un dingue de boulot et, avec lui, nous savions que les films allaient s'enchaîner. Plus que ça, ils se chevauchaient. Nous étions souvent appelés à faire les mixages d'un film la nuit, pour assurer le lendemain le travail du film suivant. Nous dormions à tour de rôle dans les grands fauteuils des auditoriums ou carrément par terre. Le matin, nous filions chacun chez soi pour prendre une douche, avant de revenir aussitôt à la salle de montage. J'adorais ma vie. Papa ne me faisait plus de scènes. Il me mit juste à la porte une ou deux fois à cause de mes horaires, et dix minutes après, me croisant boudeuse dans un couloir, me demandait pourquoi je semblais contrariée ! Je ne pouvais pas lui en vouloir. Enfant gâtée, petite, je lui en avais fait voir quand, ne supportant pas les moqueries de mes frères, je déclarais parfois que j'en avais marre de cette maison et que cette fois je partais pour de bon. Maman qui me connaissait ne bronchait pas. Papa, lui, me suppliait de ne pas l'abandonner. Un jour, il alla jusqu'à se mettre à genoux sur le trottoir de la rue de Bassano, en me demandant pardon, les bras en croix !

J'aimais ma famille, je me sentais bien au sein de cette grappe de tendre insouciance, mais l'envie de prendre ma vie en main était plus forte que tout.

J'avais, de plus, découvert ces plaisirs que l'on nomme à la légère physiques (comme l'a écrit Colette) et, pour voler ces moments-là, j'étais aussi douée que toutes les jeunes filles.

Mais ces histoires d'amour joyeuses ou tristes n'avaient rien à voir avec mon rêve de rentrer le soir dans un abri solitaire. D'être libre. De n'avoir aucun compte à rendre.

Je décidai de chercher une petite chambre à louer.

J'étais payée vingt mille francs par semaine. Pour moi, c'était le Pérou. Je cherchai une aubaine dans les petites annonces du *Figaro*, mais dus rapidement me rendre à l'évidence que mon salaire n'y suffirait pas. J'en parlai à Christian qui me présenta des photographes de pub et de mode. Comme tout le monde, ils adoraient mon frère et, dès qu'ils le purent, ils me firent engager. Le samedi, je faisais des photos. Je n'étais pas douée, mais on m'aidait, on m'apprenait à poser.

Je pris vite l'habitude de courir des studios de cinéma à ceux des photographes de mode. C'était très bien payé. Je pus enfin envisager de me louer une chambre.

Je demandai à mes parents la permission de les quitter. Je les aimais, eux, Serge, Lilou et Carole, mais je voulais vivre seule.

Je n'oublierai jamais.

Papa, pour qui c'était un immense sacrifice, resta un moment silencieux.

Nous étions avenue Marceau, à la hauteur de la boulangerie Joséphine.

Maman vint à mon secours. Elle dit à papa :

— Moi, si je ne t'avais pas rencontré si jeune, peut-être que...

— Oui, mais seize ans... tout de même !

— À seize ans, on sait se préserver, si c'est ça qui te tracasse, n'est-ce pas, ma chérie ?

— Bien sûr.

— Oui, réfléchissait tout haut mon père, c'est sans doute le seul moment de sa vie où elle peut faire cette expérience.

Maman me regardait avec son merveilleux sourire, avec sa confiance inébranlable pour ses petits.

— Tu as raison. On la laisse s'envoler.

J'étais inondée d'amour, de reconnaissance et de joie quand il se tourna vers moi et me dit, l'air sévère :

— Il y a des conditions. Vivre seule est une

grande décision. Tu dois l'assumer. Tu auras toujours ton lit et ton couvert à la maison, mais, si tu pars, tu ne devras compter que sur toi. Je ne te donnerai pas d'argent. Jamais. Autre chose, je t'interdis de mettre les pieds chez Alexandre et au Silène.

Je n'en avais pas l'intention, et je promis tout ce qu'il voulait en lui sautant au cou.

Alexandre était un bar très correct de l'avenue George-V et le Silène, une boîte sympathique, rue François-Ier, où Christian, Michel Auclair, Maurice Ronet, André Toscano et toute une bande de comédiens se retrouvaient le soir.

C'était tout papa, ça. Il m'accordait la liberté de vivre seule et m'interdisait des lieux très innocents.

Sa décision de ne pas m'aider financièrement m'aida beaucoup à avancer vite dans le métier, me forçant à mettre les bouchées doubles. Je ne pouvais pas me permettre de flâner, aussi j'enchaînais film sur film. Finies les vacances, ou alors quelques jours volés par-ci par-là.

Parfois, je recevais, de Rome ou de Londres où il tournait, un chèque de Christian, accompagné d'un mot : « Pas mal, non, la petite sœur, les chèques que l'on n'attend pas ? N'exagère pas avec le boulot, j'ai loué une maison dans les vignes à Saint-Tropez, juillet, août, tu ne discutes pas, tu viens. »

Une fois, il avait joint le dessin d'un jongleur, signé « le jongleur ne sait pourquoi ».

Le dessin est toujours dans mon bureau. Il a échappé, je ne sais comment, à un nombre considérable de déménagements. Il est des souvenirs comme ça...

Entre deux films, je descendais à Saint-Tropez, retrouver Christian, Serge et leur bande de copains. Je n'oublierai jamais mes arrivées à la gare de Saint-Raphaël. Mes deux grands cinglés de frères venaient me chercher avec le chris-craft de Vadim. À peine un pied sur le quai, les plaisanteries commençaient entre eux. Christian attaquait :

— Regarde-la, la travailleuse ! Tu sais qu'un jour elle nous nourrira peut-être ?

— J'y compte bien, je vis dans cet unique espoir, moi !

Le regard taquin de Christian, qui a toujours tout su de moi, m'effleurait, rieur.

— Elle baise peut-être ! Ça te contrarie toujours, mon vieux Serge ?

— Si elle se fait sauter, je la flingue, où est le problème ?

— Tu as raison, il n'y en a pas.

Dix minutes plus tard, dans le bateau bondissant qu'ils me laissaient conduire, cheveux au vent, éclaboussés par la mer, nous hurlions tous les trois de rire, j'avais l'impression d'être là depuis des mois ! Que c'était bon.

25

J'eus de la chance. Quand, à la fin de mes trois stages, Claudine devint chef monteuse, elle et Roger Dwyre me prirent alternativement comme assistante.

Un jour dans le bus, un copain me dit que, malade, il ne pouvait travailler sur ce qui devait être le dernier film de Sacha Guitry, et Paulette Robert cherchait un assistant.

Je l'appelai, me présentai devant elle en annonçant :

— Je viens remplacer l'assistant malade.

Et paf, je m'évanouis.

Elle m'engagea tout de même.

Guitry, qui ne pouvait pas venir dans la salle de montage à cause de sa chaise roulante, nous envoyait après projection ses corrections enregistrées sur magnétophone, que nous faisions repiquer en 35 afin de l'écouter dans la salle de montage.

Il y avait une séquence qu'il ne cessait de nous

faire ôter, puis remettre. Celle du poète François Villon.

Un jour, nous entendîmes sa belle voix mélodieuse nous dire : « Bonjour chère madame, bonjour chère mademoiselle, j'espère que vous vous portez le mieux du monde, alors voilà, j'ai longuement réfléchi. Je vous demande donc de réinsérer la séquence de François Villon... »

Suivit un long silence durant lequel, Paulette et moi, nous nous exclamâmes :

— Ah non ! Pas encore ! Pour qui il nous prend, ce gâteux !

— Ah le vieux con !

Étrangement, la voix du maître, qui avait tout prévu, même le temps de nos protestations, s'éleva, le calme revenu : « Voyons, chère madame, voyons, chère mademoiselle, s'il vous plaît, à quoi servent les colères, les gros mots ? Vous qui paraissez si aimables ! »

Rouges de honte, Paulette et moi avions les yeux fixés sur la bande magnétique. Il nous avait bien eues le « maître ».

Plus tard, au moment où je commençais à trouver fastidieux le métier d'assistante, la nouvelle vague arriva et, avec elle, ces metteurs en scène qui préféraient donner leur chance à des jeunes qui ne les impressionnaient pas, plutôt que de s'adresser à des monteurs chevronnés et rigides. Grâce à eux, je devins chef monteuse à vingt-quatre ans, ce qui à l'époque était très jeune. Je commençais à songer à devenir metteur en scène un jour, mais il n'y avait guère que Nicole Védres, Andrée Feix et Agnès Varda qui exerçaient ce métier, et je gardai mon désir au plus secret de moi-même.

Je montai *L'Eau à la bouche* de Doniol Valcroze.

À bout de souffle avait révolutionné un certain cinéma, libéré le montage en le délivrant des raccords jusque-là obligatoires.

Un jour, en poussant la porte de chez moi, je vis un petit bleu sur mes tomettes. C'était Jean-Luc Godard qui me demandait de monter *Le Petit Soldat,* son prochain film... Je fus envahie d'une ivresse qui me fit esquisser des pas de danse en chantant : « I'm singing in the rain... » Il y a de sacrés bons moments dans la vie des techniciens de cinéma.

Je n'en étais pas là, nous mixions la nuit *Quand tu liras cette lettre* d'Alexandre Joffé et montions le jour *L'Esclave* d'Yves Ciampi, quand j'emménageai dans mon premier appart à Montparnasse, avec la bénédiction de mes parents.

C'était au sixième étage du 44, rue Notre-Dame-des-Champs.

Une dame très sympathique, qui vivait à Nice, mais ne voulait pas laisser son appartement vide, louait une chambre avec salle de bains attenante.

C'était dans mes prix.

Je lui plus.

J'étais ivre de joie.

Je connaîtrais le gaz et l'électricité coupés pour cause de non-paiement, mais je m'en fichais bien et j'adorais la lueur des bougies.

Je n'avais pas d'exigence, les livres, on se les passait entre amis. J'en fauchais pas mal aussi et depuis longtemps. La première fois, j'avais douze ans et je m'étais confessée, terrorisée à l'idée que le prêtre me demande d'aller le rendre au libraire. Distrait, il m'ordonna juste de dire deux « Je vous salue Marie » et deux « Notre père » supplémentaires. Longtemps pour moi, ce fut le tarif : deux bouquins et j'étais bonne pour huit prières au lieu de quatre. Plus besoin d'aller à confesse ! Il m'a beaucoup aidée, cet homme d'Église, en me permettant ainsi de dévorer tous les livres que je voulais. Je ne me suis jamais fait prendre. En ce qui concerne les disques, j'en ai eu trois durant toute une année : Bach, Mozart et Schubert. j'adorais, allongée seule sur le sol, les yeux dans les étoiles, me laisser envahir par la musique.

Je me souviendrai toujours du premier crépuscule de mon exaltante liberté, sur mon petit balcon au sixième étage, d'où je pouvais voir le Sacré-Cœur en me penchant.

Je crois même avoir osé crier aux toits de Paris : « À nous deux, maintenant ! »

Ah ça, je ne doutais de rien !

Nadine Trintignant
dans Le Livre de Poche

Combien d'enfants n° 15562

— C'est bien qu'on soit blondes. Sinon, on serait pas là. Blondes... Sinon elles ne seraient pas là. Ce qui a sauvé Tereska de la mort, ce sont ses cheveux blonds. Si sa petite sœur n'avait pas été brune... Les enfants blonds dans le camion... Ils allaient où ? Et les bruns, massés dans le préau ?

— Dans le parc tout à l'heure, il y avait aussi des femmes plus vieilles que nous.

— Celles-là se cachent. C'est de la vermine, ces femmes ! Elles ont trompé leurs maris qui sont au front.

— Quand ils seront là, ils verront les bébés.

— Mais non ! Ils seront adoptés. Comme les nôtres. Et plus tard, ce seront des soldats ! T'en fais pas, tout est bien organisé. Pas besoin de mairie, ni d'église. La déclaration de naissance et du nom, c'est tout ici. Ils t'ont pas dit ?

Le Jeune Homme de la rue de France n° 30151

Tout commence par l'achat d'un cadeau de Noël, une montre, que Lola destine à son fils de dix-sept ans. Un fils devenu danseur, qui vit à Lausanne, et dont elle parle à ses amies avec une rayonnante tendresse. Il n'y a que son chat siamois, Jules, pour deviner que le seul convive de ce Noël sera, une fois de plus, le chagrin. Ce que ne prévoient ni Lola ni Jules, c'est l'irruption d'un jeune homme en fuite, qu'elle accepte de cacher dans son appartement. Cette rencontre insolite va l'amener à faire enfin face à un passé tragique, et, peut-être, à commencer de guérir.

Ma fille, Marie n° 30150

Je t'aime, ma fille chérie. Je t'aime à jamais. Peut-être parviendrai-je un jour à ne plus être obsédée par les horribles images de la fin de ta vie. J'arriverai à penser à toi avec douceur, et à te sourire. Peut-être.
Je ne suis sûre de rien.

Du même auteur :

TON CHAPEAU AU VESTIAIRE, récit, Fayard, 1997.

COMBIEN D'ENFANTS, roman, Stock, 2001.

LE JEUNE HOMME DE LA RUE DE FRANCE, roman, Fayard, 2002.

MA FILLE, MARIE, récit, Fayard, 2004.

Composition réalisée par PCA

Achevé d'imprimer en avril 2008 en Espagne par
LITOGRAFIA ROSÉS
08850 Gava
Dépôt légal 1re publication : mai 2008
Librairie Générale Française – 31, rue de Fleurus – 75278 Paris Cedex 06

31/1871/8